一私小説書きの日乗

西村賢太

角川文庫
18820

目次

平成二十三年　三月七日（月）

十一時過ぎ起床。入浴をしたのち、「高田文夫のラジオビバリー昼ズ」を聞きつつ、新潮文庫版『廃疾かかえて』のゲラを見る。いかにも作家らしい一日の始まり。

こうした、やるべき仕事のある日々を常に渇望しながらも、しかしこんなのは、所詮今日一日だけのことにしか過ぎぬ。

それが証拠に一時間半程でゲラを見終えると、途端に手持ち無沙汰の態《てい》となる。

仕方なく外へ出かけ、東京ドームのサウナで夜九時までを過ごす。

三月八日（火）

十一時に起き、入浴、「ビバリー」。

そののちセブンイレブンにゆき、昼食の惣菜パン三個と読売新聞を購《もと》める。

先月末に、〈私小説はいま〉との企画で電話取材を受けた記事が、今日出ることを

り。

聞いていた。しかし読んでみると、四十分程も喋って、結句《けっく》使われていたのは一言きで、自分ではわからぬが、これはよくせき実のない話しか振舞えなかったかと、反省に似た後悔を覚える。が、すぐと、どうで一円も貰っていないんだし、土台、中卒に文学の話なんぞ聞く方が間違っているとも思う。

同じ面の小松左京氏の記事中に、田中光二氏の名があった。田中英光の二男のかた。自分はその昔、寝ても英光、覚めても英光の一時期(と、云っても丸十年)があった。何んとはなし、ほろ苦い感慨に胸がふさがる。

夜、深更に、自室にて宝焼酎半本を、やきとりの缶詰の〝たれ〟と〝塩〟の二つで飲む。

三月九日(水)

十一時起床。今日放送の「ビバリー」には、録音出演のかたちで自分も紛れ込んでいる。

高田文夫先生は自分と同世代のお笑い好きであれば、少なからず気になる存在であろう。

表現力豊かな、話芸の天才そのものである先生を、中学二年時より何故か尊敬し続けてきた。放送作家を目指していたわけでもなし、と云って先生をまるっきりの芸人視していたわけでもないのに、全くもって不可思議な魅力のある人物だ。

自分の書棚には、大切な物故私小説家数名の初版本と共に、高田先生の全著書（ニッポン放送出版の〝幸〟シリーズの元版から、編纂書、入手困難な「文夫クン祭り」のパンフレットの類まで）をコンプリートで並べている。無論、立川藤志楼としての高座CDのほうもだ。

往年の「オールナイトニッポン」時と違い、夕方の「ラジオで行こう！」や昼間の「ビバリー」は時間帯もあり、かつ毎日のことなので、必ずしも忠実な聴取者とはなれずにいた。また、そんなにしてファンでいながら、これまで自著を先生にお送りすることもなかった。無名作家が、まるで接点もない有名タレントへ、何かもの欲しそうにしている行為と取られるのがイヤだったのである。否、それ以前に拙著なぞは先生の手に渡る前に、ゴミとして処分されるであろう。

だが、先々月来から番組内で、先生が拙作の『苦役列車』を面白がっている、と云うことを人伝てに聞いた。自分の中卒や前科者と云う経歴に、「こんな奴が芥川賞！」と、あの高笑いで言ってくだすっているとのことを、確かに聞いた。

そして先日、番組にゲストとして呼んで頂けたのである。

本当に、感無量だった。先生の江戸っ子流儀の口の悪い歓迎ぶりがうれしくて、そのときの興奮が未だ冷めずにいる。

夕方、先週末に先生より贈られた編著『落語ファン倶楽部 VOL. 12』の礼状を書く。

三月十日（木）

毎日新聞に、鈴木琢磨氏によるインタビュー記事が出ていることを知り、セブンイレブンへ購めにゆく。

事前にゲラが送られてこなかったので、自分の発言中、藤澤清造の初版本のくだりと石原慎太郎氏に関する箇所に、ひどく言葉の足りていない点を感じる。が、もうあとの祭りなので、どうにもならない。

文春文庫版『小銭をかぞえる』の発売日。

夜、久しぶりに宅配寿司（四千円弱の握り）を取って食べる。

三月十二日（土）

終日、きのうの地震の余震が続く。

これに感じるストレスと云うのは話には聞いていたが、成程確かに気味の悪いものである。

別口の文庫本のゲラが届く。

新潮社経由で来た、日本記者クラブでの講演は断わる。『SAPIO』の八枚の文章の方は有難く受ける。

深更、宝焼酎半本を、チーズとレトルトのビーフシチューで飲む。カレーヌードルを食べて寝る。

三月十四日（月）

十一時起床。「ビバリー」は、放送なし。

午後三時、新潮社にゆく。女性誌『美人百花』の著者インタビュー。これで所期の取材関係のことは全て終了。自分の場合はこれでも少ない方らしいが、この二箇月程はあれやこれやと人前に出て、なかなかに慌ただしかった。これまでは単なる新人賞に過ぎぬと白眼視していた芥川賞の、案外バカにはならぬ注目度と云うのを、つくづく思い知らされた。

取材終了後、田畑（『新潮』誌）、桜井（単行本）、古浦（文庫）の諸氏より、此度《こたび》の震災で生じた先行き真っ暗な話を多数聞く。するうち、矢野（『新潮』誌編輯長）氏も珍しく顔を出す。相変わらずサイボーグみたいに冷静沈着ながら、これまた珍しく、「次の号は、死んでも必ず出します。こんな事態だからこそ、出すんです」なぞ、アツいことを言う。で、これについ感銘を受け、今月は投げだすつもりでいた短篇に、再度取りかかる旨を約束する。ギリギリ待てるのは、二十五日の朝までとの由。間に合わなかったら、さすがに今度は当分の間、同誌で使ってはもらえまい。放射性物質を浴びるよりも、そんな作家的死のかたちを迎える方が、はるかに無念だ。

一寸した決意を固めつつ、窓口役たる田畑氏を見やると、これはやるのかやらねえのか判然とせぬ、いつもの昼行灯《ひるあんどん》みたいな表情をしているので、甚だ心許なくなる。

その田畑氏と五時前に同社を出て、読売新聞の仮社屋へ。日テレG＋の番組収録。文化部の鵜飼記者との対話形式のもの。終わってから文化部へゆき、待田記者と少し話す。帰りの足にハイヤーを用意してくれたのは、さすが読売と云うべきか。

再び新潮社に戻り、急遽入った『週刊ポスト』からの、震災に関する電話取材を受ける。

三月十五日（火）

午後から確定申告に出かける。昨年の自分の原稿料、印税収入の合計四百八十万円弱。意外と普通に食えるだけは稼いでいた事実に一驚する。

帰宅後、新潮文庫版の随筆集のゲラを見る。

停電に備えて風呂の浴槽に水を張っておいたが、自分のところはてんから計画停電のグループ外であることを知る。

短文を書いた、トーハンの『新刊ニュース』五部届く。

食料を調達しにスーパーへ行ってみたが、節電中で薄暗い店内には見事に保存食類が売り切れていた。自分の平生からの酒の友である缶詰も、まるですっからかんの態。千五百円もするズワイの蟹缶まで掠《さら》っていかれてるから呆れるばかり。はな、被災地やその周辺にいる身内に送る為の買い占めなのかと思ったが、どうもそんな種類のとは違っているようだ。が、しかし、何がなし自分も軽《かろ》き焦りを覚える。

お刺身のパックがいくつか残っていたので二つ取り、惣菜コーナーで鶏唐とアジフライを購めて帰る。

三月十六日（水）

「ビバリー」、今日より再開。

夕方五時過ぎに新潮社へ。本館、別館ともすでにシャッターが閉まっている。降りてきた田畑氏の話だと、今日の午後から急遽全社員を対象に、自宅待機の勧告が出たとのこと。桜井、古浦氏も帰ったそうだが、矢野氏はやはり編輯部にて仕事を続けているらしい。

無人風社内の会議室で、BS11の番組制作担当者と打ち合わせ。約一時間半かかる。終了後、常ならば一寸一杯が習わしの田畑氏とも、この日は一昨日同様、互いに自粛。タクシーチケットをもらって、早々に帰宅。

短篇の題は「寒灯」と決まったが、書きだし上手く行かず。

三月十七日（木）

「寒灯」未だ動きださず。東京ドームのサウナにゆく。

帰宅したら、『週刊文春』よりファクシミリ。〝今、このときこそ読む一冊〟の趣旨でのアンケート。三百字での文章回答の方を選び、川﨑長太郎の「父島」を挙げる。

三月十八日（金）

『週刊SPA!』での、坪内祐三氏との対談ゲラが届く。自分の小天狗ぶりな発言の数々に、ふとイヤ気がさす。

「寒灯」、ようやく辷《すべ》りだした。

明け方、宝焼酎一本弱。手製の肉野菜炒めが存外にうまくて気分良し。

三月二十日（日）

引き続き「寒灯」、一時中断して「日乗」。

やるべき仕事があるのは有難い。

三月二十一日（月）

春分の日。

「寒灯」夜までにノート四頁書いて、深更、一頁分斜線を引く。二時にて今日は諦める。無性に栗塚旭主演『新選組血風録』（昭和40年　NET）のビデオソフトを観返したくなるが、先の地震時にテレビが台上からひっくり返り、主電源のスイッチが完全にイカれてしまったので、最早一切の操作ができなくなっている。どうでアナログの旧式物なので、さして痛い損失でもない。が、こう云う際には、ちと困る。

仕方なく、志ん生のCDをかけつつ、五時まで飲酒。宝焼酎丸一本。

三月二十二日（火）

午後十二時半起床。「ビバリー」、終盤しか聞けず。

「寒灯」夕方までにノート十五頁となる。まだ予定枚数の半分もいってない。提出期日は二十五日の朝厳守だから、些か焦りが生じてくる。掲載誌側の目次作成の都合上、もう、〈できません〉では済まされないところまできている。イヤ、以前の自分なら、それでも打捨《うっちゃ》てしまうケースもあったのだが（例えば昨年六月の「陰雲晴れぬ」の際。余りの出来の悪さに自ら悲観し、初校のゲラを戻さずじまいにしてしまった）、今回は田畑、矢野氏の心意気に応えたい思いもあるし、ここ最近、新潮社には随分といい思いをさせてもらった恩もあるし、何より自らの作家生命の保全を図る為にも、どうでも間に合わさないと非常にまずいことになる。

しかし、そう思えば尚更焦りが増して、サッパリ文章が組み立てられなくなる。

で、六時過ぎに気分転換でサウナへ。

休憩室のテレビで、金町浄水場からセシウム、云々のニュースをやっている。しかし自分は今日も水道水をだいぶ摂取済みだから、もう遅い。

それでもやはり、幾分気味が悪いので、帰路セブンイレブンに寄ってみると、早くもミネラルウォーターがすっかり品切れになっている。一リットル入りで四百五十円もする黒烏龍茶は残っていたので、取りあえずこれを晩酌時用に購める。他にロックアイスも二袋。トイレットペーパーは相変わらず入手できず。

帰宅後、ノート七頁書き継ぎ、多少充足感を覚えつつ、宝一本弱を黒烏龍で割って飲む。この焼酎も、先月新潮社がお祝いとして四ケース（四十八本）を送ってくれた、有難き品である。

三月二十三日（水）

十時起床。すぐさま「寒灯」。

焦りのマイクロシーベルトはハネ上がっているが、気負いの方は殆どなし。「ビバリー」はオープニングトークだけ聞いてスイッチを消し、また集中して書き継ぐ。まずは上手く没入状態となり、夜八時までに十一頁書き上げ、計三十四頁で終了。

第一工程を通過する。

次に第二工程たる、原稿用紙への清書を始める。

或る程度文章を直しながらの作業の為、一時間に二〜四枚のペースだが、これを長時間維持するのが難しい。

深更三時半で限界となる。区切りよく、二十枚まで。

夕方買っておいた、コンビニ弁当とハンバーグの惣菜で黒ウーロンハイ。宝のボトル半本も飲まぬうちに眠気が勝さって、寝床へ。

三月二十四日(木)

午後十二時半起床。終日清書。

午前二時、四十二枚で終了。引き続き第三工程となる、一篇通しての訂正にかかる。

清書の意味がなくなる程に書き加え、塗り潰して、原稿がひたすら汚くなってゆく。

本当ならこれはせめて一日、間《ま》をおいて、より客観性を得た上で行ないたいのだが、遅延しているのは全て自分のせいなので、どうにもならない。

五時半、何んとか出荷可能なところまで漕ぎつける。新潮社指定のバイク便を呼ぶ。

田畑氏に、午前六時に送稿した旨の携帯メールを送ると、間髪入れずに返信が来た。

氏は、いつ眠っているのだろうか。

三月二十五日（金）

「寒灯」採用の由に、まずは一安心。夜十一時にバイク便で初校ゲラが届く。二十八日朝までに戻せとのこと。

最終工程の、ゲラ訂正に取りかかる。結句四十五枚分弱で完成。内容も出来も相変わらずのもの。しかし、これでいい。

三月二十七日（日）

たまっていた郵便物を見る。新潮社から八千円分の振込通知。先月同社へ行った際、『波』三月号の表紙で朝吹真理子さんのと共に使うから、と、厚紙とマジックペンを渡され、名前を書くように言われたことがあった。その筆跡掲載の謝礼との由。名前を書いただけでお金をもらったのは、初めてのこと。

三月二十八日（月）

午後十二時起床。十二時半より「ビバリー」を聞く。

『波』での上原善広氏との対談の為、四時に新潮クラブへ。新潮社裏手にある、缶詰用施設。何代か前の同社社長の妾宅だったとか。自分も五年程前、なぜかここに二泊三日したことがあった。

初対面の上原氏、なかなかに不敵な面構えの、硬派な男。一方、大宅ノンフィクション賞受賞を無邪気に誇る、可愛気のある好青年だ。

今回の新著、『私家版　差別語辞典』（新潮選書）は、あらゆる言葉のタブーに綿密な考察を加えながら、しかし凡百のこの種のものと違って、単なる机上の空論に終始していない。氏の出自や、世間的には白眼視もされかねないヘビーな家庭環境の背景が、その言葉の一つ一つにタフな迫真力をもたらしめている。

対談終了後、新潮社本館で文庫版『廃疾かかえて』、『随筆集　一私小説書きの弁』の、カバー装幀の打ち合わせ。後者は親本で使用した図柄を踏襲する。

帰り際、古浦氏より他社の『月刊ＷｉＬＬ』五月号を頂く。高田文夫先生が連載されているコラム「大衆芸能小僧」で、自分を採り上げて下すっているとのこと。見れば佐野文二郎氏（高田ファンにはお馴染みの絵師）による、自分の似顔絵までもが付されている。

思わず目頭が熱くなる。

三月二十九日（火）

藤澤清造の月命日。今月もまた、七尾へ掃苔《そうたい》には行けず。仕事が立て込んでいる今は、どうにも仕方がない。自室にて、菩提寺より預からせて頂いている位牌に手を合わせ、新品の花とワンカップを供える。

午後一時、「ビバリー」を聞き終えてから居室をとびだし、お茶の水へ向かう。BS11の新番組「テリー伊藤の月に吠えろ」*の収録。第一回目のゲストとして、一回三十分のを二週分録るとのこと。

BS11のスタジオは、先月も別の番組に出してもらった際に行ったことがある。入口に到着してみると、すでに新潮社の桜井、岩崎（広報部）氏が待っている。テリー氏との対話形式で、世の中の不満な事柄に言いたい放題すると云う内容。自分が本当に吠えたいのは、現今の文芸誌と、そこに在する一部の無能極まりない編者に対してだが、これは自分の小説として、向後たっぷり書くつもりであるから、ここではまだ取っておくことにする。

途中、田畑氏がやって来る。終了後、建物の外に出たところで、ちょうど古浦氏も

＊4月6、13日放送

やって来た。

近くで軽くビールを飲む。田畑氏のプチグルメぶりを、今日もまた思い知らされる。

解散後、神保町で昨日の『月刊WiLL』を、記念に五冊購入。ふと思いだし、高田先生と坪内祐三氏の連載のある『小説現代』四月号を手に取る。いつもの立ち読みで済ませようとすると、今回は二氏とも自分のことに触れて下すっている箇所があった。で、これも購入する。

深更一時半より、自室にて宝焼酎を飲みつつ、久しぶりにCDで高田先生の高座を聞く。『立川藤志楼　やっとこさ蔵出し』VOL．2と、VOL．1。VOL．2を先にかけたのは、長講「唐茄子屋政談」を、酔いの廻る前にじっくりと聴きたいからだ。

焼酎の水割りが進む。

三月三十一日（木）

夕方、五時半に門前仲町へ。『東スポ』の阿部記者、初対面となる特集部の大沢、鬼塚氏と、随筆新連載の打ち合わせ。「いろ艶筆」欄で、五月から毎週木曜、向こう半年間掲載の予定。元東スポ記者でもあった、高橋三千綱氏との御縁がきっかけとなる。

先月の同紙一面の、〈芥川賞　西村賢太風俗3P〉なる見出しには恐れ入ったが、仄聞《そくぶん》するところによると、この扱いをひどく羨ましがっている同業者もいるらしい。確かに『東スポ』一面の見出しになるのは、一種、男のロマンであろう。まして小説書きでは、なかなかそれも叶うまい。実においしい思いをさせて貰えたものである。

ちゃんこ鍋でウーロンハイ。元プロ野球担当である大沢氏の、紙上に載せられない裏話と云うのが滅法面白い。御馳走になっている身を忘れ、ウーロンハイのピッチが自然と上がる。

四月一日（金）

「ビバリー」、時代劇ドラマ音楽特集。「子連れ狼」の、挿入歌の方がかかって感動。新潮社経由で、白夜書房よりファクシミリが届く。高田文夫先生編輯の『落語ファン倶楽部』からの寄稿依頼。高田先生の意向だと言う。絶句して落涙。

四月二日（土）

ＴＢＳ「アッコにおまかせ」から、震災に関するアンケートのファクシミリ。回答して返送。

午後七時、『マトグロッソ』の山口氏と新宿紀伊國屋前で待ち合わせる。

少し早目に着いたので、書店の二階に上がると、文庫売場の一画で「男の告白フェア」なるものをやっており、自分の豚みたいな顔写真を貼ったパネルも掲げられている。よく見ると、何んだかダメ人間作家のランキングのようなもの。四位が太宰、三位が漱石、二位が田山花袋で、一位が自分となっている。記念に、そのフェアの帯が巻いてある自著文庫を各点買っておく。

一寸した連絡の行き違いで、先般、電話で罵倒した山口氏（女性）に一杯奢り、氏からは霧島豚の角煮の缶詰を貰って、ひとまずの和解。

帰宅後、藤志楼「鰻の幇間」「黄金の大黒」のCDで、宝三分の一本。

四月三日（日）

『随筆集』の文庫版あとがきを書いたのち、終日サウナで過ごす。

深更、コンビニ弁当で缶ビール一本、宝半本。

四月四日（月）

十一時起床。「ビバリー」のゲストは、昭和のいる・こいる。高田文夫先生構成のもと、四月二十四日に王子駅前の〝北とぴあ〟で四十五周年記念リサイタルを行なうとの由。ゲストも吉幾三、鈴々舎馬風、松村邦洋、ナイツ等の豪華メンバー。

高田先生、放送の中で付近に住んでいる林家ペー氏と自分の名を呼び、観覧の指示を下される。「芥川賞なんか獲ってる場合じゃないぞ!」とのお言葉。

で、放送終了後、早速〝北とぴあ〟に赴き、前売り券を三枚購める。座席表を見ると、千三百人収容の大ホールの、九割近くがすでに埋まっていた。

駅前まで出たついでに、界隈のコンビニ数店でラッキーストライクの袋入りの方を探したが、どこも売り切れ。高架橋の反対側のコンビニでようやく見つけるが、五箱購めようとしたら、一人二箱まで、なぞとたしなめられる。不快を感じ、軽《かろ》き悪態の台詞を吐いて、購入せずに店を出る。

ミネラルウォーターや便紙の買い占めが不都合であるのは理解できるが、何も煙草まで、こうも一律的に統制するにはあたるまい。たかが個人経営の一商店が、何を戦時下気取りになっているのか。

以前、ぎっくり腰をやって十日ばかり床に臥した教訓から、常時五カートンは室にストックしてはいる。が、一日に五箱を要するから、このまま手に入らなければ十日で底をつくこととなる。大丈夫だろうか。

四月五日（火）

十一時起床。「ビバリー」。

体調悪く、頭が薄ボンヤリとしている。

四時半に新潮社へ。TBSの深夜番組出演の打ち合わせ。

四人やってきた先方のスタッフ、手土産として二・七リットル入りの宝焼酎のお徳用ペットボトルと、柿ピーの六袋入りパック、それにラッキーストライクを二カートンくれる。

一時間程で終わり、次に女性誌『ELLE　JAPON』でのインタビューを受ける前に、広報部の岩崎氏、ラッキーを一箱と缶コーヒーをくれる。氏は、こうした取材の際にバカみたく煙草を吸う自分に、毎回ラッキーを用意して下さる。人当たりが良くて誠実な、広報部のエース格の女性、と云うのが氏の定評らしいが、自分も全くもって同感。

刷り上ったばかりの『新潮』五月号も貰う。谷崎潤一郎の肉声CDが付録で付いている。表紙の書き文字が不思議な雰囲気。聞けばこれは矢野氏の手によるものなのだとか。

取材終了後、古浦氏もやってきて、五月刊の文庫二点の、詰めの話を少しする。

そののち、田畑、桜井、古浦氏と鶴巻町の蕎麦屋に入り、ウーロンハイ五杯とモツ煮、玉子焼き、カキフライ等。

原発の騒ぎも、一寸喉元過ぎたような感のある旨呟くと、マスコミ側の三人、口を揃えて、「本当の地獄は、これから始まる」なぞ、不穏なことを言う。実際、紙の供給も深刻な事態になりつつあるらしい。

田畑氏、明日からの社の新入社員試験での、面接官役を今年も務めるらしく、深酒はしたくなさそうな雰囲気。で、最後に各々冷やし蕎麦を食べて、九時半に解散する。

深更、宝半本を、手製の目玉焼き三つで飲む。

四月六日（水）

夕方、『週刊文春』から電話。震災復興プランのアイデア的な問い。十分程喋る。

夜、買淫。宿に戻ったのち、一時頃から早くも晩酌。宝一本弱。昨夜の目玉焼きがうまかったので、また作る。他にウィンナーの缶詰も開ける。

四月七日（木）

『ＳＡＰＩＯ』の随筆、草食系男についての七枚を書いて、ファクシミリで送る。地震の影響で掲載時期が延期となり（したがって締切も延び）、八枚が七枚にと変更を告げられていたもの。

夜、サウナに行き、牛丼を食べて帰る。

深更、宝一本強。目玉焼き二つと、ツナ缶、チーかま、柿ピー。立川藤志楼ＣＤ『とって出し　ＶＯＬ．１』。

四月八日（金）

急激に桜満開。暖かな良い晴天。

自分の記事が載っていると云う『新潮45』の今月号を、桜井氏が送ってきてくれる。ついで日本文学振興会から宅配便。先の芥川・直木賞授賞式の芳名帖と式典の写真、ＤＶＤ。芳名帖は、現物の完全複製版で、和綴じ仕立てのもの。こう云う品を事後にくれるとは知らなかった。

深更、宝一本弱と缶ビールを、セブンイレブンで購めた惣菜の焼鳥と、冷やしつけ麺と云うので飲む。

四月十日（日）

都知事選。出馬された以上、万分の一でもの恩返しをしなければならぬ。

四十三歳にして、初となる投票体験。

その足でサウナにゆき、夜、赤羽のヨーカ堂に肌着を買いにゆく。

帰宅後、『北海道新聞』への随筆。日ハムについて四枚半。その後、手紙（礼状）三本。

テレビがないと、結構集中力が増すものである。

四月十一日（月）

十時半起床。入浴。「ビバリー」。体調不良。

荒木経惟氏撮影の、自分の写真が載った書物系の雑誌が届く。

四時半、南北線で溜池山王にゆき、そこから徒歩でＴＢＳへ。四月から始まる深夜の新番組だと云う、「ゴロウ・デラックス」*の収録。

＊4月21、28日放送

ロビーには田畑氏がすでに到着している。

こうした、地上波のテレビ局内に入るのは初めてのこと。あてがわれた楽屋は六畳間で、トイレと風呂場と洗面台が付いている。これに小さな台所でもあれば、充分に住居たりうる立派さである。

くつろいでいるうちに、何んとなくそう呼ばなければ悪いような気がして、田畑氏のことを〝ジャーマネ〟と呼ぶ。

鏡台の横には、仕出しの中華弁当が三つ積まれている。田畑氏、それを一つ平らげる。

一時間程待たされて、ようやくやってきたスタッフのかたと改めての打ち合わせ中に、かなりの強い地震。

六時過ぎより自分の出番あり、七時半に終了。だが、実際に使うのは、そのうちの十分程だとか。

タクシーを出してくれたので、それに乗って、いったん新潮社へ。のち、田畑氏と四谷三丁目に出て〝エンジョジョ〟で焼肉を食べ、「風花」に寄って帰宅。

四月十二日（火）

午後十二時に起きる。「ビバリー」、途中から聞く。

先日の、『読売新聞』鵜飼記者との対話を再構成したものが載った、『中央公論』五月号が届いたので、ついでに一冊丸ごと目を通す。

東スポの阿部記者に頼んでいた、同紙撮影の石原慎太郎氏とのツーショット写真(授賞式のときのもの)も届く。

『北海道新聞』随筆のゲラを見る。

新潮社経由で、『週刊ポスト』から私小説に関することで取材の申し込み。電話取材は不可とのことで、十五日に受けることにする。

文春文庫版『小銭をかぞえる』三刷の知らせがくる。先月にそれなりの部数で発刊された本だから、それからひと月で三刷になるとは夢のようである。自身、わりと気に入っている作だから、この調子で更に読まれていって欲しい。

夜、王子の駅前にゆき、「みの麺多」でつけ麺の一・五倍盛を食べる。

深更、宝半本を、牛の大和煮の缶詰、チーかま、ゆで卵二個で飲む。

四月十三日(水)

十一時起床。「ビバリー」。

桜井氏より連絡あり、先の『週刊ポスト』の取材、先様の都合で中止とのこと。

『SAPIO』の随筆ゲラを見る。

六時過ぎ、赤羽に行って、病院で尿酸とコレステロールの薬一箇月分を貰ってくる。

去年の暮以来だから、三箇月以上空いたわけである。

五分程の診療を受け終え、待合室で処方箋を待っていると、中年の看護婦さんが祝辞を述べにきてくれる。悪い気分ではないが、よほど自分の風態は悪目立ちすることを、改めて思い知る。「テレビのニュースで見て、すぐに気がついた」とのこと。

生活習慣病のくせして、帰路に「赤羽京介」で濃厚スープのつけ麵を食べ、ヨーカ堂にて焼鳥のパックを購める。

深更、それをつまみつつ、宝一本を飲む。

四月十四日（木）

十一時起床。「ビバリー」。

『週刊アサヒ芸能』の今週号と、書物雑誌の五月号が届く。寄贈を受けてる雑誌のうち、文芸誌は封も開けずに捨てているが、これらは毎回、隅々まで読む。

書物雑誌の、定期購読者限定らしき挟み込み付録、〈牛丼屋で本は読めるのか〉が楽しい。

味だけで言えば、自分は「すき家」の牛丼が、あっさりしていて一番好きだ。

四月十五日（金）

十一時起床。「ビバリー」。木、金の「ビバリー」は特に面白い。

角川文庫版『二度はゆけぬ町の地図』四刷の見本がようやく届く。これは発行後半年で四刷。が、本来なら初刷で終わって品切れ絶版を待つのみだったはずである。有難い。

夜、買淫。ホテルを出たあと、駅前の新刊書店で、水木しげる『墓場鬼太郎』第一、二巻（角川文庫）と、魔夜峰央『ビストロ温泉パタリロ！・』、新田たつお『静かなるドン』第九十八巻のコミックスを購め、喜多方ラーメン大盛りを食べて帰宅。

深更、宝一本。五時就寝。

四月十八日（月）

十一時半起床。即、「ビバリー」。入浴。

宝酒造より「純」四ケースが届く。

先般、毎日新聞でのインタビュー中で、晩酌に「純」を愛飲している旨述べたところ、同社がプレゼントして下さることになった。

この手の話は、タレントなぞが自慢気に語っているのをテレビで眺めたことはあるが、まさか自分の身にもそれが起ころうとは思いもよらなかった。

これまでも自分は、実際に平生愛飲しているだけに、「宝焼酎」や「純」の語は、小説、随筆を問わず、自らの文中に何度となく書き込んでいる。

思えば四半世紀以上にも及ぶつきあいで、十七、八歳の頃にはいっときだけ、松田優作がテレビCMを始めた、キッコーマンの「トライアングル」に宗旨替えをしたこともあったが、やはりすぐと「純」乃至《ないし》「宝」に戻ってこざるを得なかった。

全くの好みの問題で、どうも自分は飲酒と云えば焼酎、焼酎と云えば甲類。で、甲類と云えば、結句「宝」なのである。

拙作中で、主人公が酔って暴力に及ぶ際に飲んでいるのは〝冷酒〟であるから、自分をしてこの贈り物を受けるに、何んら疚しいところはない。有難く頂戴する。

宝酒造と、過日、自筆原稿を下すった高田文夫先生に礼状を書く。

九時半、鶯谷の「信濃路」で、『マトグロッソ』の山口氏と打ち合わせ。

氏も若き女性ながら、大の「信濃路」ファンであるらしい。それなので、かねてより同行を約していた。

大いに飲みつつ、ニラ玉、レバニラ、串カツ、帆立バター焼き、ウインナー揚げ、等々を食べる。

四月十九日（火）

十一時起床。「ビバリー」。

講談社文庫『どうで死ぬ身の一踊り』七刷の見本が届く。

初版時に返本分の大半を断裁され、ただ品切れ絶版を待つ運命にあった著書。息を吹き返すことができたのは、昨年これを〝二〇〇九年度文庫ベストテン〟第一位に選んでくれた『本の雑誌』と、芥川賞を機に手に取ってくれた読者のかたのおかげである。

夕方、西巣鴨まで出たついでに、巣鴨から山手線で鶯谷にゆく。

昨日の、いかにも体に悪そうな真っ赤なウインナーが美味しかったので、また三十分だけ「信濃路」に入り、壜ビール一本とウインナー揚げ、ライス、ラーメンの軽い夕食をとる。

王子に戻り、深更まで藤澤清造の資料整理。

そののち、宝一本弱を手製のベーコンエッグ三つ、チーかま二本で飲む。

四月二十日（水）

十時半起床。「ビバリー」、オープニングトークだけ聞いて、地下鉄で新潮社へ。

十二時半から一時半まで所用の打ち合わせ。

終わってから桜井氏より、『苦役列車』の中国、韓国、台湾語訳の申し込みが、それぞれ複数社きているとの話。すべて新潮社に一任する。

引き続き、六月に同社から出してもらえる新作短篇集の、装幀の話し合い。この初校ゲラを貰って帰宅。

『東スポ』連載随筆の第一回目、三枚を書く。

四月二十一日（木）

夕方六時半に、王子の「半平」。『東スポ』大沢、鬼塚記者と。

紙不足による紙面縮小の影響で、はな週一回の連載予定が、月一回ぐらいになるとの由。こればっかりは仕方がないので、納得してあとは大いに飲む。

最後に特上の握り寿司まで食べ、無論勘定は自分が持つつもりだったが、結句馳走になってしまう。

自室に戻ってから、宝三分の一本。

四月二十二日（金）

十一時起床。「ビバリー」。

角川文庫版『二度はゆけぬ町の地図』、五刷を発刊する旨の通知が来ていたのを、今日になって開封して知る。

四月二十四日（日）

十二時起床、体調不良。

高田先生の構成による「昭和のいる・こいる　四十五周年記念リサイタル」を観る為、駅前へゆく。

誰か誘おうと思って前売りを三枚購めていたが、結句誰にも声をかけず、一人で出かける。

千三百人収容の〝北とぴあ〟さくらホールは完全満席。

先生ならではの、あえて昭和色を前面に押し出した、異様に内容の濃い二時間半。

ロビーで偶然にも坪内祐三氏とお会いする。「のい・こい」ファンだとか。

さすが、と感嘆。お連れのかたが複数いらしたので、短かい立ち話で失礼する。

四月二十五日（月）

十一時起床。「ビバリー」。

『マトグロッソ』に「日乗」を送稿したのち、無気力状態となる。

夜十二時、鶯谷へ。買淫はせず、「信濃路」にてウーロンハイ六杯と肉野菜炒め、ウインナー揚げ、シャケの塩焼き等。

最後にラーメンとカレーライスを食べる。

四月二十六日（火）

十二時起床。「ビバリー」、途中から聞く。入浴。

夕方、『東スポ』より連絡があり、GW明けから通常の紙面に戻る次第となったので、「いろ艶筆」の連載も先週通告した月一回ではなく、当初の予定どおり週一回、木曜掲載に復すとの由。有難い。

深更、宝一本弱をコンビニ弁当二つ（幕の内みたいなやつと、鶏の唐揚げがメインの）と、レトルトのビーフシチューで飲む。

四時半就寝。

四月二十九日（金）

藤澤清造月命日。

「根津権現裏」も、新字新カナ版が新潮文庫から七月に出る。思いが溢れる。が、解説は気持ちを抑えて書きたい。

五月二日（月）

一時半起床。いそいで仕度して新潮社へ。

三時から四時まで所用の話し合い。おおむね合意。

引き続いて四時過ぎから別件の打ち合わせ。田畑氏の尽力あり。感謝の限り。

いったん宿に戻り、そののち、拙著文庫の解説を書いて下すった友川カズキ氏のライブを見る為、改めて高円寺に向かう。

少し早く着いたので、都丸書店を覗き、横溝正史『吸血蛾』（昭33　講談社ロマンブックス）三百円、諏訪三郎『大地の朝』（昭16　講談社）千円、高見順『如何なる星の下に』（函欠、昭15　新潮社）千五百円、円本全集の端本『佐佐木茂索集』（カバー付、昭4　平凡社）八百円、をつまんでレジへ持ってゆくと、帳場の棚に島田清次郎の『大望』（大9　新潮社）の、わりときれいな函付きが目にとまる。

島清の著書は全点収集済みだが、架蔵の該書は初版ながら函欠である。些か胸はずませつつ、手に取って見せてもらえば、函背、平の題簽《だいせん》とも少々シミがあれど擦れはなく、本体も並以上の状態。これで一万円なら買わぬ手はないので、嬉々と購める。

集合時間が近付いたので駅へゆき、田畑、古浦氏と合流。

会場の〈ＳｈｏｗＢｏａｔ〉への階段を降りてゆくと、カワイオフィスの佐々木氏にいきなり声をかけられる。入口の物販コーナーで、昨年暮に氏が手がけられた『友川カズキ歌詞集　１９７４―２０１０』（ミリオン出版）を販売されてる模様。

二十七歳の痩身、長髪に、黒のキャップを被った氏は、こうしてみると編輯者と云うよりも、そのまんまライブハウスの従業員みたいな雰囲気。

氏にビールをおごってもらい（田畑、古浦氏も図々しく御馳走になり）、二時間を楽しむ。ギター一本での演奏。

終わると同時、佐々木氏に礼を述べて外に出る。

友川氏も結構気を遣われるかたなので、ここはパッと消えるに限る。妙に客の少ない、赤ちょうちんみたいな所にて、三人で感想を述べ合う。両氏とも、自分が自慢気に見せた『大望』には全く食い付かず。十二時頃、解散。田畑氏は新潮社へ戻ってゆく。

五月三日（火）

『落語ファン倶楽部』の随筆を書く。高田文夫先生に関しての五枚。夜十一時、発行元の白夜書房にファクシミリで送稿。のち、先生の高座CD「小言幸兵衛」「天災」「幇間腹」「首ったけ」を聴きながら、宝一本強。切り落としの牛肉をウスターソースで炒めたのを、自分で作って肴にする。

五月四日（水）

GW期間ながら郵便届く。そのうちの一つに、講談社文庫からの『どうで死ぬ身の一踊り』八刷の見本。先々週に七刷の見本が来たが、案外に売れているようで結構なことである。

五月六日（金）

十一時起床。「ビバリー」。

三時に西日暮里へ。『週刊現代』の〝会う食べる飲む　また楽しからずや〟欄のインタビュー。一時間強で終了。

夜十二時、鶯谷の「信濃路」にゆく。ウーロンハイ六杯と肉野菜炒め、ハムカツ、ウインナー揚げ。最後にニラ玉定食とカレーそばを食べる。

五月七日（土）

『東スポ』の連載随筆、二回目を書いて送稿。

夜、買淫。帰路、ニンニク入りラーメン。

深更、自室にて宝一本弱。かっぱえびせん一袋と、スモークチーズで飲む。

コンビニおにぎりを三つ食べて寝る。

五月九日（月）

十一時起床。「ビバリー」。

今日の「ビバリー」では、聴取者三名へのプレゼント品となった新潮文庫版の拙著、『随筆集　一私小説書きの弁』が当選されたかたのメールが読まれる。高田文夫先生の解説文が大ウケ。

それにしても、今回の先生との連名によるサイン本は、自分でも一冊欲しかった。

五月十日（火）

十一時起床。「ビバリー」。入浴。

午後五時、地下鉄を乗り継ぎ新潮社へ。『週刊プレイボーイ』のインタビュー。

同誌からは二月にも取材を受けたが、今度のは新設の〝バカになれ！〟欄での用向きの由。リニューアルした見本誌一冊を貰う。

六時半、桜井、田畑、古浦氏と連れ立ち、早稲田鶴巻町の「砂場」で一杯。

田畑氏、生ビールを飲んだあと、ウーロン茶に切り換える。好物の煮込みや砂肝炒めにも、殆ど手を付けない。

で、聞いてみれば、風邪気味で熱っぽく、朝から頭がボンヤリしているなぞと言う。

そう云われてみれば、確かに顔が赤っぽくもある。

普通、他人の体の変調は、その立居振舞や声の様子等ですぐと気付くものだが、氏の場合は平生から昼行灯風でボソボソした喋りをする為に、なかなか分かりづらかった。常とは似つかぬ小食ぶりによって、初めてそうと知れるのだから、妙に遠廻しにできた男である。

九時前になって各々お蕎麦を取ったが、卵とじ蕎麦を誂《あつら》えた氏は、やはり持て余し気味。おつゆも殆ど飲まずに箸を置く。

タクシーチケットを貰って帰宅。少々飲み過ぎ、その後何もできず。

五月十一日（水）

十時半起床。「ビバリー」。

正午過ぎ、田畑氏から携帯メールがあり、高熱の為に本日の取材の同行は無理とのこと。

言葉だけのお見舞いの返信を送り、四時に飯田橋にゆく。

読売テレビ「ZIP!」のロケ取材。*

『苦役列車』で主人公が住んだ町を、同局の女性アナウンサーと歩くと云うもの。関西地方のみで放映される、五分程のコーナーらしい。撮影スタッフも大阪からやってきたとの由。

生憎の雨。カメラマンも大変そうだ。

ふいと『苦役』の中に、ロケのテレビクルーの、特権意識的態度を小馬鹿にした場面を書き込んでいたのを思いだし、口辺に苦笑が浮かぶ。

六時半終了。その後、現場に来ていたワタナベエンターテインメントの繭牟田氏と少し飲む。

十時前に帰宅。

単行本『寒灯』のゲラを見るも、はかどらず。宝の水割り三杯飲んで寝る。

五月十二日（木）

十時起床。「ビバリー」。入浴。

『週刊現代』での企画で、午後三時に神保町へ。

先週の同誌の取材は食べ物に関する欄だったが、今回はモノクログラビア頁でのインタビューらしい。

この版元の『群像』誌には、一年半前より再び仕事を干されている。その怨みから、
＊5月20日放送

先般の受賞会見時には編輯長とか云うのが、信じられぬ、と云った顔付きで、それでも卑屈にこちらに挨拶してきたのを思いきり無礼にあしらい、公衆の面前で赤っ恥をかかしてやった。おかげで、自分の作品はこの雑誌での合評（に関しては、五年前に或る抗議を口頭で申し入れ、反論を書かせるよう迫って以来、すでに対象から外されるようになっていたが）はおろか、書評にすら採り上げなくなったようだが（所詮、個人感情の好悪のみでこの始末だから、辞令一枚でいくらでも代わりの利くサラリーマン文芸編輯者なぞ、まこといい加減なものである。文芸誌編輯者も人間だ、なぞ主張するのも結構だが、その前に、こと文芸に関する愛情、イコール中立性を保てない者は、どうでその道の編輯者たる基礎的条件をみたさぬことを知るべきである。そんなんでは、世界に向けた文学云々、なぞ云う、同誌が掲げるイタ寒い限りのスローガンすらも、到底ぬかす資格はない）、週刊誌では都合三度目の登場機会を与えてもらって、大変に有難い。

待ち合わせ場所の岩波ホール前にゆくと、新潮社からは田畑、桜井氏が来ている。田畑氏、昨日は三十九度まで熱が上がったそうだが、一晩でおとしたと云う。成程、病み抜け人特有の、顔色の白っぽさ。内心で敬意を表す。

はなの撮影場所は小宮山書店。全く馴染みのない店だが、これは記者の指示。本を物色しているところを撮られつつ、大藪春彦の『ウインチェスターM70』（昭36　新潮社）の帯付きサイン入り本が目にとまる。この時期の大藪（当時二十六歳）の署名本は珍しいので、引き上げ時に迷わず購める。売価八千円から千円を値引きしてくれる。

その後、駿河台下、万世橋と場所を移し、最後に淡路町の飲み屋でライター氏によるインタビュー。五時半終了。早々に退散。一応気を遣って病み上がりの田畑氏ともその場で別れ、六時過ぎ帰宅。

『東スポ』連載三回目を書いてファクシミリで送稿。引き続き『寒灯』のゲラ。

深更、宝一本を、夜十時前に取り寄せて冷蔵庫に入れておいた、宅配の握り寿司三人前で飲む。

五月十三日（金）

午後三時に文藝春秋へ。『文學界』の打ち合わせ。

帰宅後、『寒灯』のゲラ。ようやく見終えて、桜井氏の手配してくれたバイク便に渡す。

角川文庫版『二度はゆけぬ町の地図』の、五刷の見本が届く。

深更、宝一本。レトルトの調味液を使ってホイコーローを作ってみたかったが、やっぱり面倒そうなので思いとどまり、セブンイレブンにて惣菜の酢豚と焼餃子等を購め、肴にする。チャーハン弁当を食べて寝る。

五月十六日（月）

十一時起床。「ビバリー」。

新潮文庫版『根津権現裏』巻末に収める藤澤清造年譜（此度の文庫用として、必要最小限の事柄のみをコンパクトにまとめたもの。「清造年譜」と謳うには、自身忸怩《じくじ》たるものがあるが、一種の入門用として割りきることとする）を携え、午後四時に新潮社へゆく。

古浦氏に年譜稿を渡したのち、会議室にてニッポン放送*との打ち合わせ。

帰路、池袋に寄って買い物。川中美幸のCDも事前予習に購入。

深更、デパ地下で購めておいた崎陽軒のシウマイ弁当二個と、まい泉のヒレカツで宝一本を飲む。

五月十七日（火）

十一時起床。「ビバリー」。のちサウナへ。

午後七時半必着で、浜松町の文化放送に向かう。

「川中美幸　人・うた・心」**のゲスト出演。月曜から木曜までの四日分をまとめ録りするらしい。

今日は三島賞の発表があるので、新潮社からは誰も来ず。が、とどこおりなく収録開始。

その昔、家具配送のトラック助手のバイトをした十代の頃に、川中氏が町田に新築した豪邸（川中氏は、まだ三十になるやならずの頃のはずだ）へ、テーブルセットか何かを運び入れたことがあり、その際、書棚の一隅に横溝正史の文庫本があったのが妙に印象に残っている。と云う、言わでもの話を直前にご本人の前で披露したところ、川中氏もスタッフのかたも、是非その話を放送の中で、とすすめる。

かの豪邸のイメージから、もっとスターぶった人かと思ったら、実にさばけた感じの親しみやすいかただった。

すっかり川中ファンと化して帰宅。

*この番組は実現せず

**6月27～30日放送

のち、鶯谷に出張って「信濃路」へ。ウーロンハイ六杯、ウインナー揚げ、レバニラ、サンマ。最後に冷やしソーメンとライス（サンマのワタをお菜とする）を食べる。

五月十八日（水）

十二時半過ぎに起きる。「ビバリー」は聞かず。

角川文庫版『二度はゆけぬ町の地図』六刷の知らせ。これを機に、『野性時代』誌との和解に応ず。来月、手打ち式。

午後四時、赤坂の東北新社へ。NHKの番組出演に関する打ち合わせ。三月の大地震前に初手でやって以来の、二度目の会合。今回は構成作家のかた二名も同席。

六時終了。近くの「ドトール」で、今日は来ていた田畑氏と藺牟田氏とで少し話す。田畑氏らと別れたあと、タクシーで神保町に移動し、七時から『en-taxi』の田中氏と打ち合わせ。

途中から坪内祐三氏が合流。「揚子江」に座を移す。

自分がここに入ったのは約十年ぶり。それ以前はわりと頻繁に食べに来ていたが、その頃に比べてメニューが随分と大衆的になったことに一驚。

その後、「風花」に流れる。

かの店では、最近、宝の「純」を置いてくれるようになったので実に有難い。ウイスキーが苦手で、水割り二杯で確実に吐き戻す自分には本当に助かる。

五月十九日（木）

十一時起床。「ビバリー」。

その放送中で、高田文夫先生より自分の名が出る。〝カスピ海で浮かんで読むのに最もふさわしくない小説〟として。今日は聞いてて良かった。

『東スポ』連載四回目を書いて送稿。ついで『文藝春秋』七月号用のアンケート、「次の総理はこの人」二百五十字を書いて送稿。のち、『根津権現裏』のゲラを見始める。

深更、セブンイレブンへおでん六つと唐揚げ弁当を購めにゆき、サッポロの缶ビール一本と宝一本弱を飲む。

五月二十日（金）

今日は六十二年前に、田中英光が愛人の腹を刺して四谷警察署に逮捕された日だった。

午後四時、都電のほうの王子駅前で、『落語ファン倶楽部』で使うと云う、自分の近影撮り。白夜書房の編輯のかたと初めて会う。

帰宅後、『新潮』七月号の随筆に取りかかる。

深更三時過ぎ、ファクシミリで編輯部へ送稿。

ヤレヤレとの思いで宝の水割りを口にしていると、すでに窓外も明るくなった四時半、田畑氏より受取りと感想を述べた携帯メールがくる。

編輯者も大変だなア、と、しみじみ感じ入る。

五月二十三日（月）

十一時起床。「ビバリー」。

東京フィルハーモニー交響楽団の、公演パンフレットに寄せる一文を書いて送稿。

のち、サウナ。帰路、お蕎麦。壜ビール一本と、大盛せいろ二枚。

深更、宝一本弱。ウインナー缶、温泉卵、歌舞伎揚げ七、八枚。

カップのイカ焼きそばを食べて寝る。

五月二十四日（火）

午後一時起床。入浴。

終日在室。新潮文庫『根津権現裏』の解説を書く。

十五枚まで、と云われていたが、ノートに書きつけた下書きは、目分量で二十枚は超えている感じ。感情を抑えて書いたつもりでも、やはり抑えきれないものがある。清書時に、どれだけ刈り込めるか。

興奮状態のまま、宝一本。夜のうちに取っておいた宅配寿司をつまみにし、午前四時過ぎから飲み始める。

大トロは、もう色が悪くなっている。

五月二十五日（水）

十一時半起床。入浴。

午後四時に新潮社へゆく。

主婦の友社『ミーナ』の取材インタビュー。

続いて五時から、『プレジデント』誌の、お金に関してのインタビュー。

それが終わって、六時からフリーのテレビプロデューサーとの打ち合わせ。*身上調

*この番組は実現せず

査のような質問を受ける。七時過ぎ終了。

古浦氏に、持参した藤澤清造年譜の稿を渡し、そののち『根津権現裏』の装幀画選び。信濃八太郎氏による図柄は四点。デザインのバージョンは八種類程上がっていたが、パッと見て即決。素晴らしい装幀だ。

桜井氏からは、自分の方の新刊『寒灯』のカバーデザインのラフを見せられる。これまた、この時点で非の打ちどころのない出来で、これまでの拙著にはなかった上品さ。まるで女性作家の本みたい。

八時過ぎ、桜井、古浦氏と共に、田畑氏の案内で早稲田鶴巻町の居酒屋へ。

一風変わったメニューが多い。大層に繁盛している。

はなのビールのあと、田畑氏はニンニクサワー、古浦氏はコーヒー酒と云うのを注文。いずれも見た目と、漂う香りのインパクトが、極めて大。

「そんな臭せえものを、よく飲めるなあ」と、地声のバカ高い自分は、店の人にも聞こえる大声で感嘆したが、しかし今考えると、かのニンニクを漬け込んだ焼酎使用のものは、それは桜井氏は女性だからともかく、本来ならば、もの書きの端くれたる自分が率先して口にすべきだったはずである。

その程度の好奇心も持ち合わさぬところが、自分の駄目と云えば駄目なところであろう。が、しかしそんなのを飲んでも、自分の場合は話のタネにする機会もないし、万一、腹痛を起こしてもつまらないから、それはそれで良しとする。

今夏の〝新潮文庫の100冊〟に、『暗渠の宿』が入ったことを聞く。気分良し。

また一つ、秘かな夢であったことが実現した。

『東スポ』連載、今日のうちに書くつもりだったが、結句書けず。

五月二十六日（木）

十一時起床。入浴後、『根津権現裏』解説の清書開始。

刈り込んで、最終的に十七枚半になる。

すぐと古浦氏にバイク便で送り、続いて『東スポ』の五回目に取りかかる。

文春文庫『小銭をかぞえる』の、四刷決定の知らせが丹羽氏より来る。

五月二十七日（金）

午後四時の予定が、二十分近く遅れて道玄坂に到着。

岩井志麻子氏始め、その場にいたすべてのかたがたに平謝りに謝まる。

『サイゾー』誌での、対談企画。

岩井氏、初対面のかたながらテレビで見慣れ、『東スポ』や、最近までの『アサ芸』でもエッセイを愛読していたせいか、何んだかとても接しやすい。そう云う雰囲気に、自ら自然と仕向けてくださる。

五月二十八日（土）

終日、『根津権現裏』本文ゲラ。

五月二十九日（日）

藤澤清造月命日。能登へ掃苔にはゆけず。

が、これをすることこそ、この上ない供養のかたちと信じ、引き続き『根津権現裏』本文ゲラ。

「注解」にも手を入れ始める。

五月三十日（月）

午後十二時起床。入浴。

終日、『根津権現裏』本文校訂と語注。

新潮社への夜までの戻しが難しくなる。明朝まで待ってくれるよう、古浦氏に依頼。

午前三時、ひとまず終わってバイク便を呼ぶ。

宝の水割りを飲んで寝る。

五月三十一日（火）

午後一時半起床。入浴。

本文ゲラを戻し終えたあとも、引き続き底本を使って確認作業。

ルビの件、多々気になるところあり。

自分としては初出のところだけでスッキリと行きたいが、新潮文庫として刊行する以上、多めにふるのも致し方なし。

『新潮』の中篇、七月渡しに予定を延ばしてもらう。

夜十一時過ぎ、『根津権現裏』解説と語注のゲラが、バイク便で届く。

六月一日（水）

十一時起床。入浴。

早くも六月になった。頭痛がひどい。

新潮文庫『暗渠の宿』、七刷の通知。今回の部数、三万二千。

一回の重版で、この部数を作ってくれるのは何んとも有難い。

刷数で云えば、現在八刷の講談社文庫『どうで死ぬ身の一踊り』の方が多いが、内実は『暗渠』の累計部数の方がはるかに上である。

『どうで〜』の増刷部数で換算するならば、『暗渠〜』は二十七刷か二十八刷目となる計算だ。

〝刷り数ではなく累計部数〟とは、全くよく言ったものだ。

が、それでひょいと思い起こしたのは、かの『暗渠〜』に併録している、「けがれなき酒のへど」のことである。

この作は、同人雑誌に発表したのち『文學界』に転載された、一応自分のデビュー作と云うことになっている（「下半期同人雑誌優秀作」なるかたちだったが、無論、これは正規な賞の類のものではない）。

これを書いていたのが、七年前の、ちょうど今時分だった。

六月の初旬に書き上げたときは、すでに七月発行のその同人雑誌の最終提出日ギリギリになっており、当時九十二、三歳になっていた主宰者の自宅へ持参しに行ったものであった。

何んでもそこは千葉の検見川の、駅から二十分程も歩いたところに在し、行って渡して検見川駅に戻ったときには全身水をかぶったみたいに汗みずくとなっており、夕方の京成電車内で、ひどくバツの悪い思いをしたことを覚えている（そう云えば表題の『暗渠〜』も、書いたのは五年前の六月であり、このときに前述の新潮クラブに泊まっていたのだ）。

その同人雑誌は、発行部数が三百部だった。このうち、実際に読むのは同人誌間だけでの百人がせいぜいであろう。またそのうちで、何んら実績もない自分の作をわざわざ読む者とくれば、実際数人きりの話であろう。

それでも雑誌が出来てきて、活字になってる自分の作を見るのはうれしかった。些か同人雑誌にイヤ気がさし、三作目のこれをもってやめるつもりだったにも拘わらず、本当にうれしかった。

その作が、現在ひょんな流れから多少なりとも新しい読者にまみえるかたちとなっているのだから、この世も満更悪いことばかりでもないようだ。

六月二日（木）

早起きをするつもりだったが、果たせずに十二時起床。入浴。頭痛続く。

『根津権現裏』の解説ゲラ訂正。語注ゲラ訂正。

『東スポ』連載第六回目。

午前四時半、解説ゲラはバイク便で新潮社へ戻し、『東スポ』はファクシミリで送稿。

『文學界』の田中光子新編輯長から来簡。有難し。

公演パンフに一文を書いた、東京フィルハーモニー交響楽団より定期演奏会の招待状。随分と律儀な団体だ。

六月四日（土）
夕刻、染井の慈眼寺墓地へ。芥川龍之介のお墓の掃苔にゆく。
芥川賞のおかげで、『根津権現裏』を新潮文庫から出せることのお礼参り。
気温高く、藪蚊多し。
ついでに谷崎潤一郎（分骨）、谷崎精二のお墓にも、軽く手を合わせてくる。

六月六日（月）
十時起床。

終日、『根津権現裏』の三校。

夜半より解説再校、語注再校。

年譜の微調整。

六月七日（火）

昼過ぎにすべてを戻して『根津権現裏』、完全にこちらの手を離れる。

本来であれば、先に自分の方の、『全集』内の一巻をかたちにしなければならぬこと。達成感の一方で、忸怩たる思いも強い。

が、あくまでも今回のは新字新仮名の普及版であり、自分の方の全集は、正字歴史的仮名遣いで追っつけ刊行できる。また、これはいわば清造文学の入門書として有意義なものだし、誤解をおそれずに云えば今回は〝新潮文庫〟と云うブランドが大事なことでもある。

すべては藤澤清造にとってのプラスになることを願うより他はない。

深更、井口氏（前石川近代文学館館長）に頂いていた、加賀の銘酒「手取川」をコップで飲みつつ、宅配の特上握り三人前。

六月八日（水）

午後一時起床。入浴。

夕方五時、新潮社へ。

『日経エンタテインメント！』の著者インタビュー。月末に出る『寒灯』に関して。記事中で七月刊の『根津権現裏』にもふれて下さるよう、機を見て懇願を挟む。と、古浦氏すぐさま宣伝用のリリースを取り出し、岩崎氏がそれを記者の方へ辷らす。この辺りの連携は、最早バッチリだ。

六時から会議室を変えて、東北新社との打ち合わせ。例のＮＨＫの番組出演の、三度目となる話し合い。

約二時間半かかるが、来月にもう一度、詰めの打ち合わせが必要とのこと。

八時半に新潮社を出て、桜井、田畑、古浦氏、それに今日は藺牟田氏も来ていたので、五人で一杯飲みにゆく。

先週だか先々週だかに行った、ニンニクサワーがある早稲田鶴巻町の居酒屋。ただされ狭い店内の、二人で使っても小さめなテーブル席に五人。その中に、自分を筆頭に田畑、藺牟田氏のかなり肉厚な巨軀が三体あるから、酸素はイヤが上でも薄くなる。

蒲柳《ほりゅう》の古浦氏を付け人、桜井氏を女子マネージャーと見立れば、まるで近くの大学相撲部のOB会みたい。

田畑氏、またもやニンニクサワーを注文する。サービス精神旺盛な藺牟田氏もそれに倣《なら》う。

自分も今日こそ挑戦しようと思ったが、やはり気味が悪くて手が出ない。それでも一応、田畑氏の飲みかけを一口だけすすらしてもらう。多少の甘味があるのかと思いきや、全くニンニクのおろし汁風であった。焼酎の存在感は見事に掻き消えている。

十一時半過ぎ、解散。

帰宅後、書きかけの随筆を仕上げるつもりだったが、ひと眠りして眼が覚めた時点で取りかかることにする。

六月九日（木）

午前十時起床。

これで案外に疲れがたまっていたのか、実に九時間程も、こんこんと眠り続けてしまった。

入浴後、すぐさま新潮社『ｙｏｍ　ｙｏｍ』の随筆を仕上げ、七枚を送稿。続いて、『東スポ』連載七回目を書いて送稿。

サウナに行きたかったが、時間的に余裕がないので断念し、夜七時に四谷三丁目にゆく。

『野性時代』誌との手打ち式。同誌三宅、藤田氏。書籍部から吉良、山田氏。

昨年の十月頃から絶縁状態にあったが、三宅編輯長も頭を下げてくれたので、自分もこれまでの非礼を謝罪し、無事和解成立。

以前はさんざお世話になった媒体であるし、何んと云っても、自分が小学六年時に横溝正史の『悪霊島』読みたさに、初めて自らの小遣いで買った小説誌でもあるから、それに再び書かしてもらえるのは本当に有難い。

ついでに角川書店で出してもらっている、拙著二冊の海外翻訳版の、改めての進行の方も了承する（後記　これはのちになって、嘘八百のエサであったことが判かった）。

六月十日（金）

十二時起床。

『ダ・ヴィンチ』から、二箇月程前に同誌の企画で荒木経惟氏が撮って下すった、自分の写真の紙焼きが送られてくる。かなりの大判。

被写体が自分である以上、まさか居室に飾ることもできまいが、しかしいいものを頂いた。

自分にカメラ好きの子孫でもあったら、これは随分と価値ある遺品になるだろうな、と夢想する。

六月十三日（月）

十一時起床。久方ぶりに「ビバリー」。入浴。

新潮社『波』次号用の随筆四枚を送稿。藤澤清造『根津権現裏』の、文庫刊行の経緯について。

『ｅｎ－ｔａｘｉ』の田中陽子編輯長から連絡があり、水曜日の予定に変更起こる。

夜、町田康氏の新刊『猫とあほんだら』（講談社）を読む。面白い。

深更、宝一本弱を、コンビニ惣菜のハンバーグと、たこ焼きで飲む。

最後に唐揚げ弁当を食べて寝る。

六月十四日（火）

十二時起床。入浴。

順次コアマガジンから送られてくる、藤木ＴＤＣ氏の新刊のゲラを読む。

上原善広氏の新刊、『私家版　差別語辞典』（新潮選書）も改めて再読。名著。

夕方、無性に新宿の寄席に行きたくなるが、我慢して『東スポ』連載八回目を書く。

夜、赤羽のイトーヨーカドーにボールペンの替え芯を購めにゆき、帰路のバスを十条駅前で降りて、ブックオフで文庫本二冊とＣＤ一枚を購入。付近の中華屋で、ラーメンと焼肉丼のセット。

深更、宝半本。手製のウインナー炒めとゆで卵二個で飲む。

カップ焼きそばを食べて就寝。

六月十五日（水）

十一時起床。入浴。

三時到着を目指して都庁へ。

石原慎太郎氏との対談。『ｅｎ－ｔａｘｉ』誌での企画だが、二日前に急遽決まった。

氏は、現存する中では自分の最も好きな小説家である。それだけに、いつになく胸の動悸も激しくなる。

芥川賞授賞式の際、氏から直接頂いた、〈インテリヤクザ同士だな〉とのお言葉は、自分の心の宝である。

終了後、二十年程前に古書展で購め、これが石原ファンとなるきっかけ（それだけに、芥川賞の選考で過去三度、氏が拙作を推してくれていたのは本当にうれしかった。この賞に関しては、実際それだけで満足でもあった）の、『価値紊乱者の光栄』（昭33凡書房）に署名を頂き、図々しく色紙への揮毫《きごう》もお願いする。

これまで自分がお会いした作家で、かような色紙を求めてしまったのは、石原氏お一人だけだ。

四時半きっかりに知事室を辞去し、田中陽子編輯長らともその場で別れる。

タクシーを拾い、本来四時からの予定だった神宮球場へと向かう。『東スポ』の大沢、鬼塚記者の案内で、〝東スポ関係者〟の名目のもと、グラウンド上で試合前の練習を見学させてもらうことになっていたのである。

球場の正門前で新潮社の田畑、古浦氏と合流、すぐに大沢氏に連れられ、三塁側ダッグアウト横でライオンズの練習を見る。グラウンド目線でフィールドを眺めるのは格別の気持ち。

ヤクルト球団の常務のかたより、スワローズグッズの福袋を人数分頂戴する。

一塁側スタンドに移動し、ヤクルト—西武戦を、どアタマから観戦。

八時過ぎに出版部の桜井氏も合流。

八回の表に入ったところで喫煙所に煙草を吸いにゆくと、背後からふいと声をかけられる。見れば、何んと先週手打ち式を行なったばかりの、角川書店の山田氏が煙草片手に目を丸くしている。

今まで知らなかったが、氏は大のヤクルトファンらしく、同じくヤ党のエンタメ系女性作家と、他社のその担当編輯者と共に、一塁側のシートに陣取っていると云う。今度、神宮行をともにすることを約する。

試合はヤクルトの惨敗。その後神宮前の古民家を改修したらしき、雰囲気ある飲み屋で一杯。

桜井氏、貰ったスワローズ福袋を、小学生の子供が二人いる古浦氏に渡してあげる。

十一時半、解散。田畑、古浦氏は新潮社へ戻ってゆく。

六月十六日（木）

十一時起床。「ビバリー」。入浴。

白夜書房より、『落語ファン倶楽部』第十三号が届く。表紙に、錚々たる現役落語家の名に混じって、自分の名と、〈祝　芥川賞〉の文字があるのに感激。

高田文夫編輯長の前口上中の、拙文についてのダメ出しに反省。並びに感謝。

六月十七日（金）

藤木TDC氏の新刊『アダルトビデオ最尖端〜身体と性欲の革命史《クロニクル》〜』の帯文八十字を書き、版元のコアマガジンに郵送する。

少しでも役に立てればよいのだが、しかし自分ごときの推薦文に関係なく、この書は好評を受けるに違いない。

凄みのある、真摯な書である。

六月十九日（日）

午後十二時起床。入浴。

『文學界』八月号用の随筆、八枚を書いて送稿する。

去年の今頃は、どこからも、一本の随筆依頼もなかったことを思いだす。

六月二十日（月）

十一時起床。「ビバリー」。入浴。

午後四時着を目指し、新潮社に向かう。

新潮クラブにて、朝吹真理子氏との対談。同社の電子書籍関連の企画らしく、活字ではなく映像として公開されるらしい。

司会は無論、『新潮』編輯長の矢野氏。毎週のように同社に赴きながら、矢野氏に会うのは三月の地震直後以来。

かつては周囲も認める天敵同士だったが、昨年暮辺りから、やや圭角もとれつつある。

終了後、神楽坂の中華料理店。先に自分と田畑氏、開発部の白川氏とで店内に入ったところに、古浦氏もそこから合流してくる。手に出来てきたばかりだと云う文庫版『根津権現裏』を一冊携えている。

ややあって朝吹、矢野氏も到着。

自分は朝吹氏にも、『根津権現裏』をビニール袋に入ったままの状態でしかさわらせない。つまり、中を開くことを許さなかったわけだが、一同の呆れたような白い視線も何んのその、これは帰宅後、一人きりでゆっくり開きたかった。

午後九時に店を出て、矢野氏のみ新潮社に徒歩で戻ってゆき、残りのメンバーでタクシー二台を拾い、「風花」へ。

朝吹氏のお話が大層面白い。

十一時半過ぎに散会。

六月二十一日（火）

十一時起床。入浴。

「日乗」六枚、テレビ収録の事前アンケート、『文學界』随筆ゲラ、『日経エンタテインメント！』インタビューゲラ、に順々に手をつけてゆく。

夕方六時半に、文藝春秋の女性誌『ＣＲＥＡ』より電話インタビュー。読書特集での、一日の行動に関する質問。

先月から、『小説現代』誌が寄贈されるようになった。高田文夫先生と坪内祐三氏の連載のみ読む。

深更、宝一本を、ウインナー缶詰とレトルトカレー、歌舞伎揚げで飲む。最後に、どん兵衛の天そばをすする。

六月二十二日（水）

十二時起床。入浴。急激に、三十二度まで気温の上がった猛暑日。で、今日より半袖シャツに衣替え。

午後四時、新潮社。文庫版『根津権現裏』の取材日。

最初が『東京新聞』の石井記者。五時から『朝日新聞』の加藤記者。五時四十五分から『毎日新聞』の棚部記者。いずれも先の芥川賞の際、事前取材拒否のファクシミリを送ったかたがただ。

ひたすらに、清造スポークスマンとしての任務に徹する。

終了後、七時から田畑、古浦氏、広報部の岩崎氏と、早稲田鶴巻町の「砂場」へ。

ウーロンハイやお刺身、鳥カラ、穴子煮、砂肝炒め等。

最後に、古浦氏は冷やしきつねうどん、岩崎氏と自分は冷やし中華を誂えるが、田畑氏はこの暑い中を、何故か熱々《あつあつ》の親子煮そば。

ふと気付き、いつぞやみたいに、また寡黙に発熱でもしているのかと問えば、今回はただ単に熱いのが食べたいだけだと言う。

三島由紀夫風に云えば、『複雑な彼』と云ったところか。

六月二十三日（木）

十一時起床。入浴。

昨日に続き、四時に新潮社へ。

今日は自分の方の新刊、『寒灯』の取材日。

『共同通信』瀬木記者のインタビューを受けたのち、午後五時からTBSテレビの情報番組中の、書籍コーナー用VTRの収録*。ここから藺牟田氏も合流。

六時半過ぎから、同じくTBSテレビの、以前も出演さして貰った深夜番組での打ち合わせ。

午後八時、桜井、田畑、古浦氏、それに藺牟田氏も交じえて、『寒灯』の打ち上げ会。

新宿の「かに道楽」にて、花氷（ズワイ蟹の脚肉の刺身。二本で千七百円）、タラ

＊「王様のブランチ」7月2日放送

バの刺身、茹で毛ガニ、カニクリームコロッケ、ズワイ唐揚げ、タラバ唐揚げ、カニグラタン、カニみそ等。

イヤと云う程に、カニ、及びカニ料理を振る舞われたが、どれもこれも涙が出る程に美味しい。最後はカニの握り寿司と、カニの赤だし。

もう一軒寄りたかったが、明日は三島、山本賞の授賞式故、桜井氏らの負担を考えて自重。以前に比べて、自分もその辺のところは成長したようだ。

帰宅後、酔いを醒ましたのち、『東スポ』連載九回目を書く。

六月二十七日（月）

午後十二時起床。体調悪し。

出席予定だった、日本中国文化交流協会主宰の、〈中国の小説家、詩人との交流会〉へ、急遽不参の連絡を入れる。

出席者リストにお名前があり、以前（一昨年前？）、テレビで『瘡瘢旅行』を褒めて下すった平田俊子氏にお会いしてお礼を述べたかったのだが、止むを得ない。

終日、在宅。

新刊『寒灯』二刷の知らせ。発売は三十日だが、予約が順調らしい。

夜、『朝日新聞』への随筆、『根津権現裏』刊行に関する二枚半を書いて送稿。

深更、宝半本を、手製のシーチキン入りスクランブルエッグとチーかまで飲む。

六月二十八日（火）

十一時起床。体調戻る。

午後四時に新潮社へゆく。先週に引き続いての、『根津権現裏』及び『寒灯』の取材日。

まず、『産経新聞』の磨井記者。ついで五時過ぎより『日経新聞』の舘野記者。

午後六時過ぎより、『メンズノンノ』の著者インタビュー。ここはライター氏のみで編輯者は来ない。

七時過ぎ終了。

桜井、田畑、古浦氏とともに、早稲田鶴巻町の「砂場」で軽く一杯。桜井氏、ご亭主の祝い事があるとかで、八時に中座。

校了間際の田畑氏は、寝不足らしく顔色がすぐれない。が、最後に冷やしカツそばを誂えるあたり、体調の方は問題がないらしい。つられて自分もカツカレーを注文。

食の細い古浦氏は、せいろ一枚。

九時半解散。真っすぐ帰宅後、クーラーのきいた居室で横になって、つい、うとうとする。

一時半に眼が覚め、新潮社で貰ってきた『波』七月号の、『寒灯』の書評を読む。そののち短篇のシノプシス作り。

四時半より晩酌。すでに外は昼間並みの明るさ。宝一本弱、缶詰のさんま蒲焼、柿ピー、チーかま二本。

夜に食べたカツの腹持ちがすこぶるいいので、最後のカップめんはやめて寝る。

六月二十九日（水）

藤澤清造月命日。今月も能登の墓前へは不参。

自室の墓に新しい花を供える。

終日、文庫版第二弾の、藤澤清造短篇、随筆集の準備にいそしむ。

六月三十日（木）

十一時起床。入浴。

午後四時に半蔵門へ。

ＴＯＫＹＯ　ＦＭ「ラジオ版　学問のススメ」の収録。*

現場には、桜井氏と藺牟田氏が来てくれる。

五時前に終了。引き続き同所の一隅を借りて、ＴＢＳの深夜番組の、再度の打ち合わせ。六時までかかる。

この間《かん》に、『根津権現裏』二刷決定の報が、桜井氏に携帯メールで届く。

桜井氏もよろこんでくれたが、自分もひとまずの、最低限の責務は果たした思い。

この書の企画を最初に持ち込み、話の詳細も聞かずに足蹴にしてくれた、かの文芸文庫の増刷部数ペースに換算すると、優に二十三刷目ぐらいに相当するはずである。

深更、自室にて清造の位牌と祝杯。

十時前に取っておいた、宅配の特上握り寿司三人前と茶碗蒸し。缶ビールと宝一本半。

七月一日（金）

十時半起床。

昨夜飲み過ぎたので、取りあえずサウナに行って汗を出す。

＊7月24日放送

で、上がった足で、そのまま昨日と同じく半蔵門のＴＯＫＹＯ　ＦＭに向かう。「鈴木おさむ・よんぱち」の、生放送二時台でのゲスト出演。ラジオの番組に呼んでもらえるのは都合六度目となるが、生放送での出演は今回が初めて。極度に緊張する。

が、鈴木氏と、柴田幸子アナウンサーの洒脱なやりとりに助けられ、三十分弱の出番を何んとかつとめる。

藺牟田氏と共に一階ロビーに下りると、田畑、古浦氏がやって来ている。清造文庫第二弾と、その他の打ち合わせをこなす。

四時前に、いったん居室に戻って、『東スポ』連載十回目を書いたのち、七時半到着を目指して西麻布へ向かう。

ワタナベエンターテインメントの渡辺ミキ社長と、同社所属の看板タレントの一人、恵俊彰氏との食事会。

恵氏、現在はお昼の情報番組でのにこやかなメインぶりが板についておられるが、やはり自分には、それ以前の、シニカルで攻撃的なコントを展開していた頃のイメージが強烈に残っている。

少々風邪気味とのことであったが、今の自分にとって、実に有意義なアドバイスを種々してくださる。

十一時解散。楽しい時間であった。

七月四日（月）

十一時起床。入浴。

午後四時半、新潮社へ。

TBSテレビの、深夜番組のロケ収録*。

新潮社でのさわりの撮影後、ロケバスに乗り鶯谷、入谷、汐留と行って、最後にまた鶯谷に戻ってくると云う流れ。

十一時半過ぎに終了。藺牟田氏と、途中、脱けたり合流したりしていた田畑氏と共に、そのまま「信濃路」で一杯やる。

七月五日（火）

十一時起床。入浴。

短篇の下書きに取りかかろうとするも、例によって書き出しがうまく行かず断念す

＊「ゴロウ・デラックス」SP　7月21日放送

る。

角川文庫版『二度はゆけぬ町の地図』六刷の見本が届く。昨年の秋に文庫に入った際はサッパリ売れなかったが、この一月以降で五回の増刷となった。やはり、芥川賞だけは獲っておくべきものだなと、しみじみ思う。

七月七日（木）

十二時起床。入浴。

ＮＨＫのテレビ番組で使う、三枚の〝お手本私小説〟を書く。

結末を明暗の二パターン用意すると云う、甚だ面倒なもの。

お手本どころか、掌篇としての体裁すら怪しくなってしまったが、まア、自分の駄文なぞ、本来こんなものだ。

或る週刊誌の記者から、ワタナベエンターテインメントに所属したのか、との問い合わせがくる。まだ正式に契約も交わしてないし、現時点ではどうなるかもわからないとの旨、ありていに伝えるも、先方は何かヘンに探る感じで食い下がってくるので、ひどく不愉快になる。

朝日書林から電話。大市の藤澤清造自筆原稿の入札価格を、改めて決める。

夜、久々に買淫。

帰宅後、宝一本弱。冷奴と、手製の牛肉のウスターソース炒め。最後にカップうどん。

七月八日（金）

午後五時五十分、四谷三丁目へ。ＮＨＫのテレビ番組の、その制作会社との最終的な打ち合わせ。

昨日書いた〝お手本私小説〟を提出するも、先方のディレクター氏、余り好反応を見せず。

七時十分前に、はなの予定通り一時間のみで終了してもらい、タクシーで神楽坂下に向かう。

鰻屋の「志満金」で、角川書店の山田氏、並びに『野性時代』誌の藤田氏と打ち合わせ。

『野性時代』九月号からの、随筆の連載が正式に決まる。有難い。

焼酎のウーロン割りに白焼、うざく、お刺身。

で、最後に鰻重の一番安いのと赤だしを食べて、九時半解散。最近は、すっかり一軒のみでの帰宅習慣がついた。

帰るなり、寝室のクーラーを入れて床《とこ》に就く。

七月九日（土）

午前四時起床。

すぐと『東スポ』連載十一回目を書く。

六時に送稿後、宝一本を、さんまの缶詰、柿ピー、レトルトカレーで飲んで、また眠る。

午後一時半、再起床。ややあって、『東スポ』よりゲラがファクシミリで送られてくる。訂正を入れて返送。

入浴後、昨日届いていた『ｅｎ－ｔａｘｉ』の、石原慎太郎氏との対談の色校を見る。

夕方、近所に冷たいお蕎麦を食べに行ったのち、町田康氏の最新刊『ゴランノスポン』（新潮社）を読む。快作集。

深更、宝一本強。明日の、万が一の取り逃がしの不安に心が騒いで、気持ちよく酔えず。

七月十日（日）

明治古典会の七夕大市に出品された藤澤清造自筆原稿、三点とも首尾よく落札。清造の原稿が世に現われたのは八年ぶり。無論、前回も自分が落札しているが、今回は三種類が一気に出現。当然、一つも取りこぼせないし、ウブい一口ものの故、今後こうしたケースは二度と起こるまい。

いわゆるキチガイ札《ふだ》（絶対に他者が追い付けぬ、常識外れの高値札）六枚を使い、二点は下札で落とせたが、一点だけは下から三番目の札まで突き上げられてしまった。三点合計の落札価格は、四百四万三千百円。

今回は、印税の蓄えがあって本当に助かった。また改めて、芥川賞に感謝だ。

川崎長太郎の自筆原稿は四点所持しているものの、今回も本気で欲しいのが一点あった。が、自重。二兎を追うと、得てして本丸を逃《のが》すジンクスを恐れたのだ。

この他、ヨタ札《ふだ》（品物の荷主が設定した最低入札価格に、少しヒゲを付けただけの、さして本気で欲しくもない、これで落ちれば儲けもの、程度の安値札）を入れておいた水谷準『われは英雄』（昭10　春秋社）も落札。同じくヨタを投じておいた嘉村礒多の自筆原稿と、多々羅四郎の『臨海荘事件』（昭11　春秋社）は、全然及ばなかった。

七月十一日（月）

十一時起床。入浴。

『寒灯』二刷の見本が届く。

短篇に取り組むも、はかが行かず。夕方より宝を飲み始める。

十時から十二時頃まで、うたた寝。

その後、入浴し、「日乗」を書いてファクシミリで送稿。

リビングの床《ゆか》に寝そべって、横溝正史「殺人鬼」、「百日紅の下にて」、『幽霊男』を読み返す。

七月十二日（火）

引き続き、寝そべって午前六時まで『幽霊男』。

六時四十五分、仕度を整えて出発。

江戸川区の生家付近に向かう。

五年時まで通っていた小学校での、NHKのテレビ番組収録初日。*

三十三年ぶりの町。すべてが、全く変わっていた。

多少道に迷いつつ、目的の小学校の正門前に辿り着くと、田畑、古浦氏、それに藺牟田氏はすでに到着して待ってくれている。

校庭を眺めた瞬間、封印していた記憶が一気に蘇える。

建物の中に入ると、これまで夢の中にしばしば出てきたどこかの校舎の風景が、この小学校のものであったことに気が付いた。

大汗かきながらの収録。午後十二時過ぎに取りあえず終了。やはり、子供は苦手だ。

来週の火曜日に、二回目の撮影。

番組制作会社の方で、学校前にタクシーを呼んでくれようとするのを断わり、少し界隈を歩くことにする。田畑、古浦、藺牟田氏も、この一寸したセンチメンタル・ジャーニーに付き合ってくれる。

すべてが、変わり果てた。

生家のあったところには、四棟の比較的新らしい感じの住宅が建ち並んでいた。

その、通りを挟んだ向かい側にあった、父親方の菩提寺は跡かたもなく消え去り、マンションと広大な面積の駐車場に様変わりしていた。

＊「課外授業　ようこそ先輩」10月15日放送

無論、感慨はイヤでも湧いてくる。が、それは湧いたそばから、たちどころに消えてゆく。

これで良い。本来は、二度は戻れぬ生育の町の、その小学校をロケ地としたテレビ出演を受けたのは、偏《ひとえ》に自らの幼少期のこと、父親のことを、そろそろ小説に書きたかったからである。

少なくとも、生育の町への感傷や痛みは、最早ない。この確認ができたことが収穫である。これならば、もう痛い部分も他人事のような涼しい顔で筆に乗せられそうだ。近いうちに長篇でもって、必ずや作品に仕上げたい。

七月十四日（木）

午後十二時起床。入浴。

短篇書けず。書けないときは、ジタバタしても始まらない。

気を取り直し、先日落札した藤澤清造の自筆原稿、三本のうちの一篇を、ようやくに腰をすえて読む。

未見だった短篇作品。一字一字、心に刻み付けるようにして読んでゆく。すぐに読み終えてしまうのが勿体ない。

作の出来はともかく、直しの多いのがたまらなくうれしい。

うれしさの余り、特上二人前五千八百円也の、宅配の握り寿司を取る。

深更、透明のビニール袋に包んだ清造原稿を前に、その文字を飽かずに眺めつつ宝を飲む。

宝がうまい。お寿司がうまい。幸福な一夜。

七月十五日（金）

午後十二時起床。入浴。

四時半、新潮社へ。

藤澤清造の新潮文庫第二弾の『短篇、戯曲集』、並びに第三弾たる『随筆集』の打ち合わせ。古浦氏もやる気充分。

その他、『苦役列車』に関する別件の打ち合わせも行なったのち、田畑、古浦氏とともに新潮社を出る。

出たところで、近くの学校からの、帰路の途次らしき三人の女子高校生より、励ましの声援（？）を投げつけられる。

それが何か、小バカにされたような感じを受けたので、自分は無愛想に無視を決め込み、田畑氏に軽くたしなめられる。

早稲田鶴巻町の、「砂場」に入る。

例によってウーロンハイ、お刺身、煮穴子等。

そして例によって三時間程話し込み、最後も例によって田畑氏と自分は意地汚なくカツカレー。古浦氏はせいろ一枚。

古浦氏に限っては、〝ヤセの大食い〟なる芸当なぞ、金輪奈落拝見できぬようだ。

七月十八日（月）

祝日。

先週末に届き、宅配ロッカーに入れっぱなしだった新潮社からの荷物を開く。

『根津権現裏』二刷の見本。

新潮文庫での、拙著『暗渠の宿』と、『根津権現裏』は初版の部数は同じだった。

が、『暗渠』の二刷がかかったのは十二箇月後であり、『根津権現裏』は僅か十二日後。

素晴らしい流れである。

七月十九日（火）

前夜眠らず、横溝正史「湖泥」、「貸しボート十三号」、それに『金田一耕助の冒険』の中から三篇を読む。朝方の集まりで徹夜が必要になると、どう云うわけか金田一ものが読みたくなる。

午前六時四十分出発。

NHKの番組でのロケ撮影。出身（卒業はしてないが）小学校での二日目の授業。台風が近付いているらしく、天候不順。湿度が高い。

子供たちは元気だ。

午後二時半、小学校での撮影終了。その後タクシーで赤坂に向かい、制作の東北新社内での別録り。

五時半終了。来月末に、〝最後の授業〟の撮影。

別の現場に移動する藺牟田氏とは別れ、田畑氏とともに早稲田鶴巻町へ。例によって「砂場」に上がり込む。

背後の席に講談社の重役がいて挨拶するも、おかげでいつものように、その社の無能文芸編輯者の悪口（言うのは、その場においては自分だけだが）を肴にできず。

七時半頃、古浦氏合流。十数分後、これを叩き出す。不快なり。

九時前に、田畑氏を伴い「風花」へ向かう。

眠気でろくに口が廻らなくなってくる。

十一時過ぎ、解散。晩酌せずに寝る。

七月二十一日（木）

午前十時起床。入浴。

午後一時五十分必着を目指して、浜松町の文化放送へ。

「大竹まこと　ゴールデンラジオ」の生放送二時二十分からのゲスト出演。

局の建物下のところで藺牟田氏と合流。スタジオに向かうと、木曜レギュラーで、自分のあとの出番の大森望氏がやってくる。

大森氏、何かの文章中で、ここ数年の芥川賞受賞者（第百四十一回以降の四名）のうち、自分の名だけあえて（？）外していることに些か含むところがあったので、本番中、ブースの向こうで待機している氏を軽くディスってやる。

二十数分の出番、はなの挨拶でいきなり嚙みながらも、あとは無事に終了。

真っすぐ帰り、自室にて、最前頂いた大森氏の編著新刊、『アジャストメント――ディック短篇傑作選』（ハヤカワ文庫）の表題作と、「くずれてしまえ」を、題名に魅かれて読む。

深更、宝一本弱。昨日、肉屋で購めた豚の味噌漬三枚を焼いて肴にする。最後はその残りをお菜とし、オリジンで買っておいた大盛り白飯と焼たらこ味のふりかけ、カップのあさり汁。

七月二十二日（金）

十一時起床。

午後四時到着を目して新潮社にゆく。

小学館関連のネット配信『NEWSポストセブン』での、『寒灯』著者インタビュー。

続いて五時から、『週刊朝日』での同書に関するインタビュー。

他に別件の打ち合わせを一つと、細々《こまごま》した段取り的なことをすませたのち、桜井氏の進言により、先日謝絶した古浦氏を赦《ゆる》す。

桜井、古浦、田畑氏と、「砂場」にて手打ち。

ウーロンハイ、ちくわの磯辺揚げ、もつ煮込み、砂肝炒め、カツオのたたき、等。

体調良いせいか、この日も最後は田畑氏同様、カツカレーを楽々完食。古浦氏も、一瞬カレーライスを注文しようとの素振りを見せるも、結句桜井氏同様に、せいろ一枚。

九時半解散。

自室に帰って、そのまま晩酌を始める。

七月二十三日（土）

午前九時起床。葛西善蔵祥月命日。

大急ぎにて、『東スポ』連載十三回目を書いて送稿。

昼過ぎ、携帯電話に迷惑メールが来る。初めての経験。

町田康氏の新刊『残響　中原中也の詩によせる言葉』（ＮＨＫ出版）を拾い読み。

夜八時、鶯谷「信濃路」。打ち合わせ的な飲み会のようなもの。早々に帰宅。

七月二十五日（月）

十二時起床。入浴。

八月五日まで待ってもらうことになっていた『小説新潮』の短篇、ひとまず棚上げにする。

焦りはあるが、駄目なときにはジタバタせず、その時点の流れにまかせた方が良い。

田中英光に関する原稿の話がくる。先日も一つあったから、計二件。返事を保留していたが、結句いずれもやることにする。この作家に関してのことだけは、未だナーバスにならざるを得ない。

夜から、買い集めておいたDVDをひたすら眺める。

先日、藺牟田氏が下すったDVDプレーヤー（ワンセグTVも観れる）のおかげで鑑賞できる。

『太陽を盗んだ男』、『野獣死すべし（昭55年版）』、『殺人遊戯』と、久しぶりの三作を一気に観たあと、松竹版の『八つ墓村』を途中まで。少々目が痛くなる。

深更、立川藤志楼の高座CD「居酒屋」、「野ざらし」を聴きつつ、宝一本弱。

手製のベーコンエッグとイカ煮の缶詰、チーかま二本。

七月二十六日（火）

午後二時起床。入浴。

『野性時代』九月号からの連載随筆第一回目を書く。題して、「一私小説書きの独語」。

一年半ぶりに書かしてもらえるようになった同誌。今度は干されぬようにと自戒しつつ、机に向かう。

一回八枚と、少し多めの枚数の場合は、やはりノートに下書きから始めてしまう。二度手間になるが、どうにも治らぬ小心ゆえの悪癖だ。

夜三時、下書きと訂正を終えてファクシミリにて送稿。向こう一年間連載予定。

晩酌の肴に、コンビニへおでんを調達しにゆくも、いつの間にかレジ横のおでん台がなくなっていた。

仕方なく、惣菜コーナーで麻婆豆腐と焼鳥、弁当コーナーで冷やし中華を購める。宝一本。

午前七時、就寝。

七月二十七日（水）

午後一時半起床。入浴。

夕方、所用で新宿にでる。

用事終了後、寄席に行こうかと思ったが、ふと気がかわり、高円寺の古書店をパトロール。ついで中野のブロードウェイ内の古書店にも足を延ばし、雑本二冊をつまむ。ヒーロー物の小物を売ってる店で、何んとなく七百五十円の、イナズマンの小さいフィギュアを購入。

プロ野球グッズを売ってる店のショーウィンドーにあった、ヤクルトの川島慶三実使用バット（二万一千円）と云うのも、あやうく購めかけたが、これは寸手のところで自重。

安天丼を食べて帰る。

嵐寛寿郎主演『近藤勇　池田屋騒動』のDVDを初めて観る。昭和四十年のテレビ版『新選組血風録』で原田左之助役を好演していた徳大寺伸が、若き日の今作では沖田総司役を熱演している。

『八つ墓村』の続きも観る。三十年前の名画座から始まり、優に百回以上観ているが、全く飽きない。

深更、宝一本。レトルトカレーと缶詰のウインナー、紀文のチーズちくわと、カップ焼きそば。

七月二十八日（木）

『東スポ』連載十四回目を書いて送稿。

夜、買淫。

済ましたのち、冷やし喜多方ラーメンの大盛りをすする。

新刊書店で、今日発売の『ｅｎ－ｔａｘｉ』夏号を、保存用に五冊購める。
深更、一時前に「信濃路」。生ビール一杯、ウーロンハイ五杯、ウインナー揚げ、肉野菜炒め、レバーキムチ、チーズ。最後に、チャーシューメンとライス。

七月二十九日（金）

藤澤清造月命日。
能登にはゆかず、二日続けて買淫。で、二夜続けて冷やしラーメンの大盛り。
帰宅後、『東スポ』ゲラ。『野性時代』ゲラ。

七月三十日（土）

小谷野敦氏の最新刊『東海道五十一駅』（アルファベータ）から、表題作と「ロクシィの魔」を読む。帯背の、〈これぞ、私小説〉とのコピーに合致した快作。

七月三十一日（日）

十一時起床。入浴。
各部屋の整理（六畳の〝書庫〟は、先の大地震の際に乱れたままで放置してあった）をしたのち、夕方、人に誕生プレゼントとして差し上げる品を購めに池袋へゆく。

夜半、今後の小説のスケジュールを立て直す。

考えてみれば、先の短篇から早くも五箇月が経《た》とうとしている。

八月一日（月）

十一時起床。入浴。

『新刊ニュース』十一月号用のアンケート、〝おすすめの三冊〟に、上原善広氏、石原慎太郎氏、藤木TDC氏の、それぞれ最新刊を挙げてファクシミリで返送。

『人間の証明』、『汚れた英雄』のDVDを観る。

深更、宝一本。納豆、チーズちくわ一パック、ゆで玉子二個。最後に、赤いきつねをすすって寝る。

八月二日（火）

十時起床。寝室のベランダにとまっているらしき、蟬の啼き声で目が覚める。

ここ数週間の来簡中で、返信が必要なものを選り分ける。

で、ひたすら手紙書き。計十二通。これだけまとめて書くと、なかなかの労力を要する。

夜八時、王子駅前につけ麵を食べにゆき、帰宅後、リビングで一寸横になったらそのまま寝てしまう。

十一時に目が覚め、洗濯。

その後、晩酌を始める時刻になるまで、葛西善蔵の短篇をあれこれ読み返して潰す。

缶ビール一本、宝一本。

読者のかたが送ってくれた、レトルトのご当地カレーと、手製のウインナー炒め。

最後にシーフードヌードル。

八月三日（水）

十一時起床。入浴。

午後五時の到着を目指していたが、出がけにとった電話が長引いた為、十五分遅れにて神楽坂着。

地下鉄の階段を上がり、路上に出ると、激しい夕立ち。走って新潮社の本館へ。

『清流』誌十一月号用での著者インタビュー。

三十分程で終了。写真撮影はなし。

『小説新潮』の堀口氏やってくる。九月号に予定してもらっていた、例の短篇を次号に延ばしてもらう旨、承諾を得る。

文庫の古浦氏に、〈夏の一〇〇冊フェア〉での景品キーホルダーを四個ばかり頂戴できるように依頼。

桜井氏より、今週発売の『週刊新潮』を頂く。

該誌の本の記事は、〝私が選んだベスト5〟。大森望氏が、拙著『寒灯』を挙げてくだすっている。

いつぞやラジオで氏を（氏の目の前で）、ディスってしまったことを悔やむ。

七時前に、桜井、田畑、古浦氏と連れ立って、またぞろ鶴巻町の「砂場」へ。

ウーロンハイ、刺身盛り合わせ、もつ煮込み、砂肝炒め、等。

最後に自分は天丼、桜井氏は冷やしきつねそば。

古浦氏は余程好物なのか、それとも最早それしか入らないのか、この日もまた、せいろ一枚。

田畑氏は、新メニューらしき、麻婆つけうどんと云うのを注文。半ライス付きで、これは残ったおつゆに投入してシメる段取りのものらしい。

はたで見る限り、余り自分好みのものではない。

八月四日（木）

十一時起床。「ビバリー」。入浴。

『東スポ』連載、十五回目を書いて送稿。

夕方、近くのスーパーにゆき、豆腐と白菜とポン酢を購める。

深更、珍らしく湯豆腐で缶ビール一本。宝一本。

八月五日（金）

昨日の鍋のおいしさが忘れられず、夕方またスーパーに出ばり、今度は鶏肉（唐揚げ用の、モモ肉のブツ切り）と油揚げ、なると巻、豚バラ、刺身用ホタテ、茹できしめん二玉、を揃える。

深更、寄せ鍋で缶ビール二本、宝一本。

小さな手鍋を使いながらも、そばつゆを少量入れて煮込んでみたら、なかなかの仕上がり具合。

最後に再度火にかけて、きしめんを入れ、すする。

古浦氏より、〝新潮パンダ〟のキーホルダー届く。

最初で最後であろうが、念願だった、〈新潮文庫　夏の一〇〇冊フェア〉入りを果たした記念（このフェアは、自分が子供の頃から夏の恒例行事として親しみがあったので、妙に自身の中で重きをおいてしまう）に、今回のフェア用景品を常用しようと思ってのことだったが、実物を見ると、成程巷間の噂通り、今年はかなり個性的なパンダ像であるし、陶製なので随分と重みもある。そして案外にかさばりもする。鍵を付けてポケットに入れるような、実用向きのものではなささそうだ。で、これは単に保存用として、蔵《しま》っておくことにする。

八月八日（月）

午後十二時起床。入浴。

夕方、浅草に出ばって、演芸ホールで過ごす。

九時半、〝清造スポット〟たる久保田万太郎旧居前を通り、その並びの、回転寿司を少し高級にした店で生ビール一杯、ウーロンハイ六杯。お造りと天ぷらを食べ、最後に握り寿司二十貫。

暑くて地下鉄に乗るのがイヤになり、タクシーで帰宅。

晩酌はやめて、二時に床《とこ》に就く。

八月九日（火）

十時起床。入浴。

午後、うれしい手紙が届く。『ｙｏｍ　ｙｏｍ』まで買って読んで下すっている。心が明るくなる。

スケジュール記事の載った、女性誌『ＣＲＥＡ』九月号も届く。読書特集。〝作家別　表名作と裏名作〟リストで、拙著は〝表〟が『どうで〜』で、〝裏〟は『二度はゆけぬ町の地図』となっている。明治大正〜昭和初期篇のが面白い。

夜、セブンイレブンに行ったついでに、今日発売の号に自分のインタビューが載ってるはずの週刊誌を購める。戻したゲラの文に、勝手に異同あり。余り愉快なことではない。

深更、缶ビール一本、宝一本弱。手製のウインナー入り野菜炒め。

早々に寝る。

八月十日（水）

十一時起床。入浴。

先日、頓挫してそのままの、次の短篇の復習的メモをポツポツ綴る。しかし、まだ書き上げる自信が湧いてこない。

深更、一時にタクシーで鶯谷へ。「信濃路」で、生ビール一杯、ウーロンハイ七杯。肉野菜炒め、レバニラ炒め、とん汁、チーズ。

最後にラーメンライス。

八月十一日（木）

十一時起床。入浴。「ビバリー」。

『野性時代』九月号が届く。「一私小説書きの独語」の一回目が載っている。

一年半の間を干されたのちの、久しぶりの掲載。こうして再び書かしてもらえるようになったことには感慨も湧く。また、よくぞ連載なぞさせてくれたものだと、感謝の念も湧きあがる。

月末に収録のある、NHK番組の最後の〝授業日〟に使う、子供たちへの「あとがき」四枚を書く。

で、それを窓口たる『新潮』誌の田畑氏に、ファクシミリで送稿。

『文藝春秋』九月号を、パラパラめくる。

三船敏郎が近藤勇を演じた『新選組』のDVDを、また観返す。ラストの斬首シーンは、何度見ても強烈。これの四年後に公開された、同じ東宝作品『沖田総司』でも、終盤の、米倉斉加年扮する近藤の晒し首（人形を使っているが）を子供がはやし立てるシーンはブラックユーモアに溢れていたが、どの映画でも近藤の最期は惨めすぎて好きだ。

夜、スーパーにゆき、鶏肉と白菜なると巻き、うどん二玉。

深更、水たきで缶ビール一本、宝一本。最後にポン酢のタレで、つけうどん。

八月十二日（金）

午後十二時半起床。入浴。

『東スポ』連載十六回目を書いて送稿。

この、木曜掲載の「いろ艶筆」に関しては、誰も何も感想を言ってくれる人がいないので、毎回送稿のたびに何んとはなし気が引ける。

はな、半年間連載の約だったから、残りあと八回。ちょっとは気の利いた風流エロ話を、とは思うが、どうにも仕方がない。

新潮社出版部の桜井氏から、先日の『清流』誌著者インタビューの、ゲラの転送。手紙を三本書く。

夜、昨日の残りの白菜を、サッポロ一番の塩味と共に煮込み、すする。

『悪霊島』『蘇える金狼』のＤＶＤ。

深更、缶ビール一本、宝一本。手製のスクランブルエッグと缶詰のウインナー、塩辛。

最後はレトルトのハヤシソースを、オリジンの白飯にかけて食べる。

八月十三日（土）

夕方より、神宮球場に出ばる。一塁側内野Ｓ席。阪神戦。

ヤクルト快勝。畠山の十四号アーチに喝采。

去年の後半、小川監督に代わるまで干されていて、今年は四番で大活躍と云うのが泣かせる。

八月十五日（月）

十二時起床。「ビバリー」。入浴。

夕方、五時過ぎに新潮社にゆく。

文庫版『随筆集　一私小説書きの弁』三十一冊への署名入れ。

ついでに、少し早めではあるが、新潮文庫の藤澤清造シリーズ第三弾用の、収録随筆のコピーも持ってゆく。

署名を入れている際、一寸したはずみで自分はまたもや短気を起こし、古浦氏を怒鳴りつけてしまう。それが傍らにいて余程不快だったらしく、桜井氏は女性特有の、無言の怒りオーラを発散しながら、そのままプイと退室してゆき、それきり戻ってこなくなる。

その間《かん》、自分のこうした態度に慣れっことなっている田畑氏は、他人事として、いつもの表情のまま泰然としている。

文庫の方の打ち合わせも済ませ、七時半に古浦、田畑氏と四谷三丁目へ。

久しぶりに、「壱丁」に上がり込む。

自分の悪い癖で、先程の件では一切古浦氏に謝罪せず、逆に桜井氏の悪口なぞ云って、一人盛り上がる。

四谷まで出れば、あとは「風花」のコースだが、ここのところ、〝一軒だけ〟が妙に心地良く、十時過ぎで早々に解散。

田畑氏と古浦氏は、自分の悪口大会でも開くのか、連れ立って新宿方面へと消えてゆく。

八月十六日（火）

十一時起床。

日曜に腰を軽く痛めていたが、今日は些か症状が悪化している。

六時半、神宮球場正門前にて、角川書店の山田氏、『野性時代』誌の藤田氏と合流。

ヤクルト―横浜戦。

奥さんと、小学生の二人のお子さん共々ヤ党だと云う山田氏、リュックに応援グッズを種々用意してくる。

氏は、ヤクルトが点を入れる都度、リュックからゴソゴソと青いビニール傘を取りだす。そして、内野席私設応援団のコンダクトの元、東京音頭に合わせてそれを上下にゆらす。

で、一節《ひとふし》終えると傘をすぼめ、パチンと留め金をかけて、またリュックの中へしまうのである。

これを点を取るたび、何やら自動的に繰り返すが、実際のところ、さしてヤクルトファンでもない自分には、その応援の法則性が少々滑稽にも思える。

試合は、五対一でヤクルトの勝利。

タクシーで四谷三丁目に移動し、「叙々苑」で焼肉を鱈腹食べる。

来年初頭に刊行予定の拙著文庫と、先頃決定した編著について細かく打ち合わせを行なう。

やはり一軒だけで解散。

角川書店とは、六年前から幾度となく打ち合わせをしているが、この日初めてタクシーチケットを貰う。記念に、使わないで取っておこうかと一瞬だけ考える。

八月十七日（水）

十一時起床。入浴。

終日在宅。夕方、スーパーに買い出し。

夜、落着いた心持ちで手紙を三本書く。

深更、缶ビール二本、宝一本。

鶏肉と白菜で水たき。まぐろのお刺身。

最後に、お鍋の残り汁にオリジンの白飯を入れ、卵を落として雑炊にするが、全部は食べきれず。

八月十九日（金）

十一時起床。入浴。「ビバリー」。

『東スポ』連載十七回目を書いて送稿したのち、五時半着を目指して新潮社にゆく。で、会議室で一服したのち、そこから〝芥川賞・直木賞授賞式〟の東京會舘へ向かう。

これまで野間新や三島等も含め、この種には行く気もしなかったが、今回はひょいと気が向き、行ってみたくなったのだ。

会場で講談社の柴崎氏と久しぶりに会う。

『文學界』の田中光子編輯長、森氏、文春出版部の丹羽氏は、さすがに今回は閑そうな感じで、随分と長いこと自分の相手をして下さる。

坪内祐三氏、複数の美女に囲まれているところを、挨拶だけさして頂く。このあとの銀座に誘って下すったが、如何んせん、自分は例によっての見すぼらしい身なりなので、遠慮す。

直木賞受賞者の池井戸潤氏の、壇上横の家族席には、お子さんを含めて沢山のかたがたが着席されている。

半年前の自分のときには、こと自分用の家族席には誰ひとりいなかったことが、しみじみ思いだされる。

八月二十二日（月）

十一時起床。入浴。「ビバリー」。

『小説新潮』の短篇、今月も断念。一寸、どうにもならぬ心境。

夜、インタビュー記事が載った『東京新聞』の夕刊を、王子駅の売店まで購めにゆく。ついでに洋食屋で、チキンカツと焼肉の定食を食べる。

東宝の、『病院坂の首縊りの家』ＤＶＤを観返す。

深更、缶ビール一本、宝一本弱。

レトルトのビーフシチューと、手製の目玉焼三つ。最後に、赤いきつね。

八月二十三日（火）

十一時起床。入浴。

一日中、苛立ちがおさまらず。

深更、一時過ぎにタクシーを拾って「信濃路」にゆき、飲みながらメモ帳へ、『野性時代』誌連載随筆二回目の下書き。

生ビール一杯、ウーロンハイ七杯、肉野菜炒め、ウインナー揚げ、レバーキムチ、ギョーザ。

最後に味噌ラーメンとライス。四時半帰宅。

八月二十四日（水）

午後十二時半起床。入浴。

新潮社経由で、『共同通信』から急遽インタビューの申込み。民主党代表選について。二十六日の夕方に受けることにする。

インタビュー記事の載った『産経新聞』を、コンビニで購める。

東宝『女王蜂』のＤＶＤを観返す。

深更、缶ビール一本、宝一本。

冷蔵庫に入れておいた、宅配寿司〝厚切り特選ネタ〟と云うのを三人前。

八月二十五日（木）

十一時起床。入浴。「ビバリー」。

深更、『野性時代』随筆、二回目八枚を書き終えて送稿。

「信濃路」にゆきたいが、すでに三時過ぎになっているので、仕方なく自室でいつもの晩酌。

缶ビール一本、宝一本。缶詰のウインナー、かっぱえびせん、柿ピー、カップ焼きそば。

八月二十六日（金）

十一時半起床。入浴。

『東京スポーツ』紙連載十八回目を書いて送稿後、午後六時着を目指して新潮社へ。

ひどい大雨。

六時なので本館玄関口のシャッターはすでに閉まり、脇の通用口の扉を開けると、田畑、古浦、岩崎氏がなぜかそこに立っていた。

会議室にて、『共同通信』の林記者。全くの床屋政談を一席ぶって、約一時間でインタビュー終了。

と、そこへ入れかわりに、『新潮』の矢野編輯長があらわれる。

毎週のように新潮社にゆきながら、不倶戴天の敵、矢野氏はまず顔を見せることはない。実に久しぶりにお会いする。

校了中だと云うのに、何んとも爽やかな表情で、えらくにこやかなのが恐ろしい。自分は未だに、氏に対する何んとも云われぬ畏怖感を、どう云うわけか払拭できない。

『新潮』誌での二百枚の原稿、もう少し時間を頂ける旨、承諾してもらう。

矢野氏、さわやかに立ち去ったのち、田畑、古浦氏と焼肉に行くことに話が決まったが、今日の田畑氏は校了間際の為、一時間程しかつきあえぬと云う。ならば悪いので、この場で解散する。

帰宅後、『小説現代』誌の柴崎氏に返信の手紙を書き、来週末に収録の、日本テレビの番組での事前アンケートを記入。

八月二十七日（土）

『小説新潮』、『新潮』への、小説の案を立て直す。

夜、買淫。帰路、冷やしラーメン大盛り。

深更、缶ビール二本、宝一本。

冷凍食品の牛皿とレトルトカレー、ウインナー缶。オリジンの白飯。

八月二十八日（日）

午後一時起床。入浴。軽く腰をひねる。翌日以降の痛みの悪化を懸念。

夕方五時過ぎ、『朝日新聞』オピニオン面の金重記者より、民主党代表選についての電話インタビュー。三十分弱で終了。明日《みようにち》、ゲラをくれると云う。結果次第で訂正も必要になろう。

九時半、『週刊文春』編輯部より電話。〝裸を見てみたい女性〟との企画での、アンケート的なコメントを求められる。

明日は例のNHKの番組の、最終収録日。

早朝ロケの為、今回もまた徹夜明けで、そのまま臨むことにする。

八月二十九日（月）

藤澤清造月命日。

酒飲まず、眠らず。クーラーをかけた寝室にて、横溝正史『悪魔の手毬唄』をアタマから読み返す。

午前五時半、かなりの長篇故、さすがに一冊は読了せぬまま、出かける為の仕度を始める。

六時半、出発。

NHKの番組での、最終収録。すでに七月十二、十九日と二度にわたって撮影をしている。放送は三十分弱だが、実に手間ひまをかける。

集合時間より二十分程早めにつき、路上で二本煙草を吸ってから現場の小学校に行ってみると、校門の前には、すでに藺牟田氏が立って待っていた。

一箇月以上お会いせぬうちに、坊主頭がだいぶ伸びて、随分と日灼けしている。そして幾分、痩せてもいる。

撮影前に、自分たちに〝控え室〟としてあてがわれた家庭科教室で、PTAの関係者のご婦人にお会いする。

かのご婦人は、自分が小学生だったときも、やはりその関係者であった。

無論、自分の生家のすぐ近所のかただったから（先方は、附近一帯の大地主で、町内会長でもあった）、双方旧知の間柄である。

このご婦人の長男と二男のかた（自分とは同級生ではなかったが、ほぼ同年）の、それぞれのお子さんが、今回、撮影の対象となった六学年の同じクラスにいる。

四十を過ぎていれば、小学六年くらいの子供がいることは、至極当たり前なのだと改めて思う。

ご婦人に、三十三年前の往時、自分どもの一家のせいで近所のかたには大変に不快な思いをさせ、多大な迷惑もかけてしまったことを謝罪する。

屈辱には違いないが、加害者家族の一生消えぬ罪なき罰だから、仕方がない。

拙著『苦役列車』その他を購入していて下さり、これに署名を求められたのには、ほんの少し救われる思いがした。

当時の同級生の消息をいくつか聞く。K君は、単身アメリカに渡って何かをやっているらしい。豆腐屋のF君は、昨年亡くなったと云う。

ややあって、『新潮』誌の田畑氏到着。

今日が十月号の校了日のはずなのに、よくも律義に来てくれたものである。会社の泊まり明けでそのまま来たのかと尋ねると、一度自宅に帰り、三時間程寝て、それから京王線直通一本のでやってきたとのこと。一人っ子育ちだけあって、会社だと眠った気になれぬらしい。

幾分、感傷的になっていたせいか、今日の自分は藺牟田氏にも田畑氏にも、いつにない感謝心が起きる。

此度《こたび》の、クラス一同による『私小説集』の出来上がり品を、田畑氏から見せられる。

費用は番組側が持ち、新潮社の全面協力のもと、同社文庫とほぼ同じ体裁で仕上げた文庫本（同文庫の、葡萄のブランドマークもちゃんと入っている）。用紙もいいものを使っているらしく、僅々《きんきん》百三十六頁ながら、ツカもしっかり出ている。

こうした、一冊の文庫本のかたちで残ることによって、子供たちの心に何がしかのプラスになれば良い。

自分も、掌篇一つと〝あとがき〟を収録さしてもらっている。

制作部数、五十部。当然、生徒と学校関係者の分とで、その殆どがなくなってしまう。

が、是非とも差し上げたい知人もいるので、無理を言って自分用の一冊以外に余分にもらう。

将来、もしか自分の著作本の、奇特なコレクターなぞが出て来た場合には、この本が入手最困難な、いわゆる〝キキメ〟の一冊になるだろう、と北叟笑《ほくそえ》む。

一時半過ぎ、全撮影終了。

もうこれで、本当に、二度この界隈に来ることはないであろう。

今度、この生育の地のことを振り返るのは、自分の小説として書くときだけだ。

九月三日（土）

十時起床。入浴。

台風の接近で、天候ひどく不順。

午後三時、日本テレビの麹町スタジオへ。

武田真治、宮川大輔両氏がナビゲーター役の、鼎談特別番組*（中の、ワンコーナー）の収録。

五時半過ぎに終了。

十七日の土曜日午後に、関東地方で放映されるとのこと。

帰宅後、小説を書きたい意欲が俄かに湧いてくる。

九月五日（月）

十一時起床。入浴。

終日無為。

川崎長太郎の作を手当たり次第に読み返す。

九月六日（火）

十一時起床。入浴。

終日無為。

川崎長太郎初期の連作長篇『路草』と、最晩年期の長篇『地下水』を読み返す。

深更、缶ビール一本、宝一本。冷凍食品の牛皿、壜詰の塩ウニ、柿ピー。

九月七日（水）

十一時起床。入浴。

手紙一本書き、郵便局にて発送。

帰宅後、藤澤清造を読み返す。

夕方、浅草演芸ホールに夜席を聴きにゆく。

九時過ぎより、寿司屋にて一杯。

深更、自室にて宝半本。

＊「超異色対談　お会いできて光栄です」9月17日放送

九月八日（木）

十一時起床。入浴。「ビバリー」。

戸籍謄本を取る為、新小岩駅近くの江戸川区役所へ赴く。

来月、二泊三日で韓国へゆく、パスポート申請に向けた初手の準備。

『苦役列車』を刊行してくれる韓国の出版社の招きで、生まれて初めて国外に出ることになった。無論、プロモーション的な仕事でゆくので、『新潮』誌の田畑氏が同行の予定。

二十数年前に、ふとした気まぐれで自らの戸籍を取ってみた際、三歳年上の姉が昭和六十二年に結婚したことは知っていたが、今回ので見てみると、どうやら平成六年に離婚したものらしい。

姉と最後に会ったのは昭和五十八年頃で、それ以降、全く音信不通の状態だ。

今はどんな暮しをしているのか、一瞬だけ感傷的な気分になる。

帰宅後、『東京スポーツ』紙の連載二十回目を書いて送稿。

深更、宝一本。手製のハムエッグと納豆。最後にオリジンの白飯二つと壜詰ウニ、たらこのふりかけ。

九月九日（金）

十二時起床。入浴。

午後四時着を目指しつつ、約十分遅刻して新潮社へ。

『日刊ゲンダイ』紙のインタビュー。

十月から週一回、都合四度に分けて掲載される企画のものらしい。

大抵の場合に同席してくれる、出版部の桜井氏は、今日は体調を崩して欠勤とのこと。文庫の古浦氏は所用があり、最初にちょっと顔を見せて、去る。

インタビューは一時間強で終了。

次の要件が始まるまでの間に、新館の写真部でパスポート用の写真を撮ってもらう。

終わって本館へ戻ろうとした際、玄関ロビーのところで、『新潮』編輯長の矢野氏とバッタリ出くわす。

Tシャツ一枚の、えらく涼やかな出で立ち。金曜日なので、このあとはそのまま三浦三崎の〝仕事場〟へ直行するのであろう。

写真は、ものの数分程で出来上がる。さすがに週刊誌を発行している版元の写真部だけあって、作業が手早い。

六時過ぎより、藺牟田氏も合流して、日本テレビの番組出演の打ち合わせ。

七時半前に終了。

藺牟田氏帰り、田畑氏と二人で四谷三丁目へ。

平生、殆ど自己を語りたがらぬ田畑氏、この日は如何なる風の吹き廻しか、マッコリ片手に自らを語る。興味深い。

九月十日(土)

十一時起床。入浴。

終日無為。

午後からサウナに赴く。

帰宅したのち、藤澤清造の自筆原稿をひたすら眺める。

深更、缶ビール一本、宝一本。

宅配寿司三人前。

九月十一日(日)

十一時起床。入浴。

終日無為。

夜、買淫。

帰路、喜多方ラーメン大盛り。

深更、缶ビール一本、宝一本弱。

セブンイレブンのおでん八個と、唐揚げ弁当にて飲む。

九月十二日（月）

十一時起床。入浴。

夕方、提出書類を揃えて池袋サンシャインシティ内のパスポートセンターへ。

昔、拙作に出てくる〝秋恵〟のモデルの女と、ここの水族館に来たことを思いだす。

手続きを終えたのち、徒歩で東武百貨店へゆき、七階の伊東屋で便箋と封筒を多めに仕入れる。

ついで地下の食品売り場で崎陽軒のシウマイ弁当を二つと、炙りサーモンのサラダを四百グラム購入。今半の味付け牛肉も二パック購める。

タクシーで帰宅。

深更、買ってきた弁当とサラダで缶ビール一本、宝一本。

九月十四日（水）

十一時起床。新潮社出版部の桜井氏より、韓国の出版社から届いた『苦役列車』のカバー画が転送されてくる。

何やら、アジア系ハードボイルド調のデザイン。かなり気に入る。

高知県立文学館の、館報用原稿を書く。「わが青春の田中英光」と題し、ファクシミリにて送稿。

九月十五日（木）

午後十二時起床。「ビバリー」。

夕方、桜井氏からファクシミリ。

かねてより新潮社と折衝を重ねていた、中国の出版社と条件面での折り合いがついたらしく、『苦役列車』中国語版刊行の調印が本日終了したとの由。

気分良く机に向かう。

高知県立文学館で十一月から開催される、〈太宰治と田中英光展〉の展示用解説パネルの一文を書く。「熱狂させる文体」と題し、送稿。

続いて、『東京スポーツ』紙連載二十一回目を書いて送稿。

この『東スポ』の連載、当初の約束は十月までの半年間だったが、急遽年内一杯までのばせるか、との打診を受けていた。ありがたく延長さしてもらう。

深更、缶ビール一本、宝一本。

月曜日に購めた焼肉と、袋入りのインスタント焼きそばを二つ、チーかま二本。

九月十七日（土）

せんに立て直したはずの小説の予定、またも全部の見通しが怪しくなる。

殊に『新潮』の二百枚が、逆算してみて、どうやっても間に合いそうではない。

とにかく定期的なことを先に片付けておこうと、『野性時代』の連載随筆に手をつけるも、はかどらず。

深更、半ばヤケで、一時過ぎに「信濃路」へ出かける。

ウーロンハイ六杯、肉野菜炒め、トンカツ、ワンタン。最後にオムライスと味噌汁。

九月十八日（日）

午後一時半、両国の小劇場、「シアターX《カイ》」に到着。

年に二度程行なわれている、近代の一作家につき一戯曲を上演するシリーズ企画の、三十何回目かの公演。

今回は藤澤清造と川村花菱を採り上げるとのことで、芥川賞受賞直後から、幾度か主宰者より手紙が来ていた。が、いろいろな理由から返信せず。

しかしポスターやチラシ、半券ではない完全な状態でのチケット等の品は、清造に関するものである限り、どうでも収集せねばならぬので、一昨日の夜の公演時に、前売り券を二十枚購めておいた。一応、二回は観るつもりだが、残りの十八枚分は、傍目からみればドブに金を捨てるようなものであろう。

しかしこれは、自分の清造のみへの義理立てと、歿後弟子たる者の義務としてのことだから、どうにも致し方がない。

その折、劇場に三枚のみ貼り出されていた、カラーコピーのつなぎ合わせの手製らしきポスターを譲ってもらえるよう頼んだところ、千秋楽後なら全部くれると言うので、この日、傷み防止の紙筒持参で再度出向いてきた次第。

『新潮』誌の田畑氏も同行。

個々の俳優は上手かった。が、演出がいただけない。

温故知新は結構だが、ああも抑揚を強《し》いた台詞廻しでは、折角の清造台詞の、絶妙の間《ま》を含んだユーモアの部分が損われてしまう。

殊更に時代がかった味を意図したのであろうが、ラスト部分の新派悲劇調の演出も、残念ながら些かシラける。

またその台詞にも、初手の準備段階において痛いミスがあった。

戯曲「恥」は、初出誌では総ルビである。が、それらは当然清造自身が付したのではなく、組版時の選字工によって付されたものだ。

だからこの初出をそのまま台本とした今回の舞台でも、現在の町名表記からは消えた小石川の久堅町《ひさかたまち》――これを初出ルビに従って、馬鹿正直に久堅町《ひさかたちょう》と発音してしまっている。

泉下の清造も、さぞや苦笑していることであろう。

同じ「恥」の上演でも、出来としては八年前に初めてこの戯曲を板にのせた、大阪の〈劇団　ＰＭ／飛ぶ教室〉の方に軍配が上がるようである。

このときは該劇団の舞台の、清造の世界をよく理解した余りの素晴らしさに、はなの公演のみを観るつもりだったのが、結句大阪にとどまって、三日間、全五回初日の一公演を観つくしてきたものだった。

「シアターＸ」のかたから、今回の清造舞台について原稿依頼をされる。原稿料はナシで、期日は一週間後。

本来なら、かような滅茶な依頼は丁重にお断わりするところだが、やはり清造に関することは何事も拒絶したくないので引き受ける。

九月十九日（月）

祝日。十一時起床。入浴。

『新潮』の三百枚、十二月号に載せてもらうのを完全に諦める。まだ一枚の下書きもできてないのだから、どうやっても間に合わない。

書けないときは、仕方がない。

夕方、赤羽で軽く一杯飲み、「赤羽京介」でつけ麵を食べて帰る。

晩酌はせず、一時過ぎに床《とこ》に就く。

九月二十日（火）

十一時起床。入浴。

台風が近付きつつある気配の曇天。

二時半に家を出て、東池袋へ。

サンシャインシティ内のパスポートセンターで、先週申請した〝十年用旅券〟を受け取る。

で、その足でもって、矢来町の新潮社へ向かう。

四時の約束に、少し遅れて到着。

『ゆほびか』と云う雑誌（健康雑誌？）のインタビュー取材。

金銭観に関することがメインで、四十分程で終了。

『ゆほびか』の編集者氏が去り、入れかわりに『新潮』誌の田畑氏がやってくる。

同誌十二月号予定だった中篇を、二月号にスライドしてもらう願いを前日に打診し、矢野編輯長の裁量待ちだったが、今日、その了承を取り付けたとのこと。

代わりに、『小説新潮』十一月号に予定してもらっていた短篇を、『新潮』十二月号に移動と云う次第にもなった。

田畑氏に厚く礼を述べる。

続いて五時半から、フジテレビのバラエティー番組スタッフとの打ち合わせ。

深夜枠の特番。自分はダメ作家として、五分程の出演らしい。

七時前に田畑氏、文庫の古浦氏とともに新潮社を出て、早稲田鶴巻町の「砂場」へ移動。

生ビールとウーロンハイ。お刺身、エビの唐揚げ、ちくわの磯辺揚げ、砂肝炒め。最後に自分は天丼、田畑氏はいつぞやも食べていた、麻婆つけうどんとライス。そして古浦氏は、必ずその段になると品書きを開き、人一倍の時間をかけて仔細らしく眺めるのだが、結句はいつものように、せいろ一枚。

九月二十一日（水）

十一時起床。入浴。

夕方より台風が来る。破損が心配になる程、雨風が窓ガラスを激しく叩き続ける。

『週刊ポスト』から、十枚の〝官能小説〟の依頼。

田畑氏より、『新潮』新年号の随筆の話。

幻冬舎の有馬氏より、二、三年ぶりとなる留守電への連絡（かなり以前、同社の『パピルス』誌への短篇の約を反故にして以来、先方からパッタリ連絡が途絶えていた）。

『小説現代』柴崎氏からは、来週の打ち合わせ場所のファクシミリ（氏とも、長いこと気まずくなっていたが、先頃和解した）。

自分としては珍らしく、千客万来の一日。

九月二十二日（木）

十一時半起床。入浴。

午後四時、フジテレビ深夜特番、『アウト×デラックス』*のロケ撮影で浅草橋へ。

ナインティナインの矢部浩之氏とマツコ・デラックス氏が、一般人やタレントと面談し、その〝アウト〟な悩みに答えると云うバラエティー番組。

本来一般人たる自分も、今回は坂上忍氏や、ダンプ松本氏らと共にゲスト枠での出演の為、放映上の出番は五分程ながら、三十分間の収録となる（八名の一般の方々は、各々十分間の収録らしい）。

放送は来月。

九月二十三日（金）

祝日。十一時半起床。入浴。

『東京スポーツ』紙の、連載二十二回目を書いて送稿。

韓国で対談する予定の、詩人キム・シニョン氏の作を読む。

＊10月5日放送

夜、スーパーで食料品の買い出し。

九時頃から十一時半まで、うっかりのうたた寝をする。

明け方近くになり、晩酌を始める。

缶ビール一本、宝一本。

手製の赤ウィンナー炒め、真鯛のお刺身、キャベツの味噌汁、袋入りサッポロ一番の焼きそば二つ。

九月二十六日(月)

『野性時代』連載随筆三回目、八枚の清書を仕上げ、ファクシミリで送稿。

午後、採用の返信がきて安堵する。

夜、銀座七丁目で、『小説現代』誌の柴崎氏と三年ぶりに飲む。

氏にはその昔、約一年程単行本の方で担当をしてもらっていた。

とは云え、その間《かん》には原稿でのつきあいはなかったが(『群像』からの〝第一次干され期間〟だったので、講談社から創作集をまとめようがなかった)、野間新人賞を貰ったときには、細かい点まで実にお世話になっていた。

その時分は〝シバちゃん〟なぞ慣れ慣れしく呼び、自分にとって最も懇意な編集者だったが、その後一寸した行き違いから疎遠となり、直後に文芸第二へ異動されてからは全くの没交渉の状態となっていた。

が、今年の三月に高田文夫先生の「ラジオビバリー昼ズ」でゲストに呼ばれた際、ニッポン放送のスタジオで、この柴崎氏とバッタリ出くわした。

聞けば高田先生の『小説現代』でのご担当が氏だとのことで、このときは些かぎこちない短い挨拶しかできなかったが、しかしこれが和解の糸口のようなかたちとなった。

『群像』とは〝第二次干され期間〟を経て、とうに修復不可能な関係になっている以上(何しろ、先方は拙作に関しては合評はおろか、書評にすら一切採り上げぬと云う排他根性の強い、素人の文芸サークル誌でもやってた方がお似合いな編輯者《サラリーマン》が揃っているから迷惑な話だ)、講談社との縁もほぼ消えていたが(だから同社で単行本として出してもらった拙著二冊も、先頃新潮文庫の方に移籍さしていた)、今後『小説現代』の方で創作発表の場を提供してもらえることになり、本当にありがたい。

これもすべては高田先生のご調停のおかげだから、ますます麴町方面に足を向けては寝られない。

九月二十八日（水）

午後一時起床。入浴。

「シアターX《カイ》」の、会報への劇評を書いてファクシミリで送る。すぐとゲラが返信される。

『野性時代』連載の、ゲラの手直しをして返送。

少々頭が痛む。

九月二十九日（木）

藤澤清造月命日。

十一時に起床、入浴後に近くの花屋で仏花を購め、室内墓地に供える。

午後四時、フジテレビの湾岸スタジオへ。

深夜枠のバラエティー特番「ニッポン小意見センター」*の収録。

タモリ氏の司会。他には加藤浩次氏や小島慶子氏、白洲信哉氏（小林秀雄の孫）など。

茂木健一郎氏には、新宿の「風花」でお目にかかったことがある。芥川賞を獲る、ずっと前のことだが、自分が他の客（編輯者）と揉めていたところを仲裁されたのが氏であった。そのときのことを氏は覚えておられたようで、恐縮する。

番組での自分の席は、中央のタモリ氏とAKBの人気メンバーと云うのに挟まれた位置。

殆ど発言もできず。

ただ、この種の番組では、素人が何か面白いことを言おうと躍起になるのは甚だ見苦しいものなので、それぐらいのスタンスが分相応と云うものであろう。

八時終了。

帰宅後、『東京スポーツ』紙連載、二十三回目を書いて送稿。

深更、缶ビール一本、宝一本弱。

フジテレビから持って帰ってきた、仕出し弁当二つを肴にする。

九月三十日（金）

十一時起床。

午後、東京タワースタジオに向かう。

＊10月9日放送

日本テレビ「人生が変わる1分間の深イィ話*」の収録。

麻木久仁子氏とご一緒できたので、氏が『文藝春秋』四月号に寄せて下すった、拙作『苦役列車』評の感謝を述べる。実際、あの特集の中では麻木氏と桜庭一樹氏の評が、涙がでる程にうれしかった。

収録後、番組中で獲得した賞金五万円と、金色の特製携帯ストラップをスタッフのかたから頂く。

本当にくれるものとは思わなかった。

昨日今日と、些かタレント気取りで過ごした格好。

が、今回は藤澤清造終焉の地付近で、清造に関するエピソードのVTRが紹介されることになったのだから、この点まだ〝歿後弟子〟の、師の広報活動の範疇と思いたい。

深更、清造の位牌を前に宝一本。

手製の野菜炒めと茹でウインナー。

十月四日（火）
朝六時に家を出て、七時二十分、羽田到着。

国際線ターミナルの三階に上がると、すでに『新潮』の田畑氏が待っている。前日、自分は氏の連絡通達の遅さに腹を立て、少しゴネてやったりしていたが、ひとまず気を取り直して出発する。

韓国の出版社が取ってくれた席はビジネスクラスのものであり、かつ、各々が窓側を占められるように塩梅もされていた。

その出版社からは、驚く程の多額な印税前払金が振り込まれていた。一体、どれだけの部数を刷るのかと、何やらこちらが心配になる程の額であった。

更に今回の渡韓、二人分の全費用も向こうが持ってくれるとあっては、少くとも六ケタの部数がハケなくては合わないことになる。

自分が恐れるのは、その先方の目論見が外れたときのことである。

イヤ、多分は外れるに違いない。が、たとえ外れるにしても、これによってせめてもの売り上げに繋がるならば、との些か夜郎自大な思いで、今回該地を訪《おとな》うことにしたのである。

だから同行の田畑氏には、ゆめゆめ観光気分は抱かぬように前もって注意をした上で、自分もそれなりの、或る責任感をもって臨むものであった。

＊10月31日放送

二時間強のあいだに煙草が吸えないのは耐えられぬので、この飛行時間中はひたすら眠ることにする。

十一時過ぎ、金浦空港到着。

販元であるＤａｓａｎ　Ｂｏｏｋｓの女性社員一人と、通訳の男性が出迎えに来て下すっている。

まず、車で二十分程のところにある同社までゆき、中に入るのかと思いきや、そのままますぐ近くの食堂に案内される。

道々のそちこちに、ハングルの、『苦役列車』のポスターが貼られている。

昼食には同社社員、出版に際してのエージェント等、七名が同席。

田畑氏、出てくる多種類の料理の一つ一つを〝個人的資料〟としてデジカメに収めている。さすがは新潮社でも一、二のグルメで通った男だけのことはある、と感心もするが、一方で、のっけからのその緊張感のなさが、少々慊《あきたりな》い。

その後、同社近くのホテルにチェックインし、すぐにそのホテルの会議室にて、『ハンギョレ新聞』での対談。

詩人キム・シニョン氏と約二時間。

終了後、部屋で一服したのち、夜七時にまたＤａｓａｎ　Ｂｏｏｋｓへゆき、『苦役』五十冊に署名を入れる。

七時半から、小粋なカフェーで読者五十数人との懇談会。

司会はチェ・ミンソク氏。昨年、韓国の文芸誌でデビューした新進作家。

参加者は、ほぼ全員が学生らしい。日本語も堪能であり、拙作だけではなく、自分の日本での悪評判もヘンによく知っているので驚いた。YouTubeで出演番組なぞも見ているらしい。

そして拙作を通じてキャラを認知しているらしく、田畑氏を紹介すると、場内にドッと喚声が湧く。「あのたばたさんですか!」なぞとも云われ、その田畑氏はおいしそうな面持ち。

朗読やクジ引き、最後にサイン会と、妙にイベント色の強い催し。

九時半終了。隣りの雑駁な食堂で夜食。八名同席。

田畑氏、次々と出てくる料理の写真を、相変わらず撮りまくる。

十月五日（水）

韓国二日目。

十一時より、ソウル市中心部にあるプレスセンタービルにて、新聞、テレビ局十五社の記者との懇談会。

自分と、この場での通訳をつとめて下さる、ヤン・オッカン氏（『苦役』の翻訳者）の後ろには、版元による同書宣伝の巨大な横断幕が掲げられている。

あらかたのインタビューが終わったのち、その場に料理が運ばれてくる。で、そのまま昼食。

午後一時半、五名と外に出て、ソウルで最も大きい新刊書店に連れて行ってもらう。

三時から、コリアナホテルのレストラン別室にて、『週刊朝鮮』誌のインタビュー。

飲み物を決めるとき、皆がコーヒーやオレンジジュースなぞ、極めて当たり前のものを頼む中、田畑氏は高麗人参の薬膳茶を注文。

インタビューを受けつつ、横目でチラチラ見ていると、氏は小さい甕《かめ》みたいな器に入ったそのお茶を、まず香りを確かめたのち、おもむろにスプーンで一口啜り、何やら小さく頷いたりしている。

六時半からＤａｓａｎ Ｂｏｏｋｓの社長、社員十五名（全社員数の約四分の一）との夕食会。日本では口にすることができなくなったユッケを鱈腹食べる。

二次会は日本人経営の店。

楽しき一夜。

十月六日（木）

ホテルをチェックアウトし、十時半にＤａｓａｎ Ｂｏｏｋｓにゆく。五十冊に署名入れ。今朝の新聞各紙に自分の記事が載っているのを見せられる。そのうちの一紙、『朝鮮日報』の見出しは〈インテリヤクザが来た〉と云う滅茶なもの。

十一時からオンライン新聞、ＣＢＣｉのインタビュー。

終了後、八名にて近くの食堂の庭で昼食。その後、住宅街のオープンカフェでお茶。こんな生活を毎日続けることができたなら、自分も心身ともに健全な人間へと近付けそうな気がする。

同社に戻って、各社員のかたへの署名入れ。三日間で、都合二百冊以上の拙著にサインを書いたことになる。

オンライン書店、Ｉｎｔｅｒｐａｒｋのインタビューを最後に終え、午後二時半に同社をあとにする。

空港へ向かうまでの約二時間、最初に迎えに来て下すっていた女性社員と、ずっと通訳をつとめてくれた、パク氏（作家志望の、若い喫茶店経営者）と四人で南大門周辺を散策。

アメ横を数倍猥雑化した、異様な熱気と活気に充ちた有名市場。

田畑氏、一人やたらと屋台で串に刺さった奇妙な食物を購めては、写真に撮ってから口に入れている。

かの女性社員は自分にのみ、韓国の紙幣の図柄が入ったトランクスを買ってプレゼントしてくれる。彼女は、一切日本語に通じず。

お茶一杯飲むでもなく、デパートや教会をただひたすらとブラブラ歩き続けるだけの二時間。

会話こそ成立しなかったが、何か忘れられない最後のひとときとなった。

空港で別れの握手をしたとき、この、初まりから終わりまでの三日間、どの場面にも傍らにいて下すった(それが先方の仕事とは云え)お二人には、云いようのない惜別の情が湧き上がった。

自分が人に対し、かような感情に駆られることは絶えて久しい。

田畑氏、『新潮』編輯部への土産として韓国海苔の小分けパックを一袋購め、新婚の奥さんが待つ自家用には、高そうなキムチの大函二つを仕入れる。

聞けば氏は、ホテル宿泊中も朝は早くに起きて、一人で街へゆき、屋台で朝食を摂ったりなぞもしていたらしい。

結句、氏の方は最後まで観光気分で押し通してくれたようだ。
夜十時過ぎに帰宅。
『東京スポーツ』紙の連載、二十四回目を書いて、ファクシミリで送稿。

十月七日（金）

十一時半起床。「ビバリー」。入浴。
午後五時半、渋谷のＮＨＫ放送センターへ。
来週、十四日の昼の、生放送番組出演に関する打ち合わせ。

十月八日（土）

夜七時、王子駅前にて『ｅｎ－ｔａｘｉ』誌の田中陽子編輯長と打ち合わせ。
自分は韓国の話、陽子編輯長は三人の甥っ子の話で、それぞれが食らい酔いつつ、勝手に盛り上がる。

十月十日（月）

祝日。十一時起床。入浴。

カタログ雑誌『通販生活』のアンケート回答。
手紙を三本書いて投函。
深更、缶ビール一本、宝一本弱。
レトルトカレーと茹で玉子二個、柿ピー、カップ焼きそば。

十月十一日（火）

午後十二時起床。入浴。
夕方五時、新潮社へ。新館地下の食堂にて打ち合わせ。
七時終了。今日は飲まずに、そのまま帰宅。
文藝春秋の丹羽氏より、文春文庫版『小銭をかぞえる』五刷決定のファクシミリ。
スーパーへ食品の買い出しに行ったのち、高知県立文学館館報のゲラ訂正。
深更、缶ビール一本、宝一本弱。
まぐろのお刺身と、惣菜の鶏カラ、ナムル。
最後に冷凍食品のチキンライスを、フライパンで炒めて食べる。

十月十二日（水）

十一時半起床。入浴。

終日無為。

十月十日付（八日発売）の『日刊ゲンダイ』が届く。

新企画〈私がモノ書きを決断したとき　西村賢太編〉の第一回目掲載。あと三回、各土曜日発売号に載るものらしい。

この記事中にあった、横溝正史『びっくり箱殺人事件』を十数年ぶりに読み返す。で、その後机に向かったが、何もはかどらず。

深更、缶ビール一本、黄桜辛口一献を冷やで五合。

手製のベーコンエッグとレトルトのビーフシチュー、納豆二パック。

最後に、冷食の焼きおにぎり四個。

十月十三日（木）

午後十二時起床。

『東京スポーツ』紙の連載二十五回目を書いてファクシミリにて送稿。

深更から朝にかけ、田中英光『我が西遊記』上巻を久方（三、四年）ぶりに読み返す。

第十七章の「男の欲」までを味読。

十月十四日（金）

前夜眠らず十時半に室を出て、NHK放送センターへ。

午後一時五分からの生放送「スタジオパークからこんにちは」への出演。

新潮社からは田畑、古浦氏が来る。またこの日は、扶桑社『en-taxi』誌の田中陽子編輯長もやってくる。

控え室では煙草を吸えず、かつ喫煙所までは一般者見学ができる「スタパ」のブース前を通って職員用階段を使い、上階の社員食堂前を抜けていかなければならない。

ニコチンが切れる度に、なかなか骨が折れる。

二時前に、一応無事に終了。

女性スタッフのかたから、『苦役～』ではなく、『人もいない春』へ署名を求められたのに感激する。

帰る際、番組中に届いた、自分への質問やメッセージのファクシミリ、メールのプリントを渡される。案外に数が多かったので、これにも感謝。

女性からのメールのプリントは、やはり胸が高鳴る。

しかし、新潮社経由でたまさかに届く郵便物類と違って、こちらから返信するすべのないのが何んとも無念。

局で出してくれたタクシーに乗り、途中、池袋の西口で下車。

東武デパートの七階で大判の封筒やクリアファイルを買い、地下で食品を購める。

深更、缶ビール一本、宝一本。

デパ地下で仕入れた、桂林の黒酢スブタと海老チリ、崎陽軒のシウマイ弁当二個で飲む。

十月十五日（土）

十一時起床。入浴。

外に出た足ついでに、肉屋でヒレかつと海老フライを購める。

と、御主人が昨日のテレビを観たとのことで、生ハムのパックをタダでくれる。感謝。

自分に関する連載記事の載った、『日刊ゲンダイ』をコンビニで購める。

深更、揚げ物と生ハムで缶ビール一本、宝一本弱。

十月十七日（月）

十一時起床。入浴。「ビバリー」。

焦りつつも終日無為。書けないときは、どうしたって書けない。

深更、宝一本。

十月十八日（火）

十一時起床。入浴。

先週渡された、新潮文庫版『藤澤清造短篇集』の初校ゲラを見始める。

夕方、来年一月に角川文庫に入る『人もいない春』のゲラが届く。単行本は刊行時三千部でサッパリ売れなかったが、その後短期間で急速に版を重ねた。そして一年半で文庫に入る事態になったのは或る意味奇蹟だ。比較的愛着のある拙著なので、これはひとしおうれしい。

深更、缶ビール一本、宝一本。宅配寿司二人前。

十月十九日（水）

『文藝春秋』十二月号の特集用エッセイ三枚を書いて送稿。〝私のモテ期〟との趣旨。

夜、コンビニへゆき、読書特集欄に一文を寄せた『週刊プレイボーイ』を購める。

自分が挙げた〝一冊〟は、やはり『根津権現裏』。

深更、缶ビール一本、宝一本。缶詰のサバ味噌、柿ピー、歌舞伎揚げ七、八枚。

最後に、コンビニで買っておいた弁当の焼きうどん。

十月二十日（木）

十一時起床。入浴。「ビバリー」。

『東京スポーツ』紙、連載二十六回目を書いて送稿。

カワイオフィスの佐々木氏より速達。十一月三日、神楽坂の「もー吉」で、友川カズキ氏のライブが行なわれるとのこと。

そのお誘いの内容だが、いつもながら佐々木青年の誠実さには胸をうたれる。損得抜きで、友川氏に心酔されているサマが好もしい。

「もー吉」の店主、安部氏にも久しぶりにお会いしたいが、おそらくは不参と云うことになろう。

夜、これはどうでも先延ばしができぬ、『週刊ポスト』用、十枚の〝官能小説〟を書き始める。

はかのゆかぬまま四時にやめて、宝一本弱。

十月二十一日（金）

朝九時過ぎに、鳴り響く携帯電話の着メロで叩き起こされる。

区の納税部署からの電話。

本年第二期分の特別区民税・都民税が未納だとのことだが、それは先週、納付期限日にちゃんと郵便局で払い込んでいる。なので、自信満々に先方を怒鳴りつける。

マナーモードに切り換えずに寝てしまっていたこちらも不注意だが、もの書きのところへ（まあ、先方には関係のないことだろうが）午前中に電話をかけてくるなぞ、言語道断である。昼の勤人へ、明け方四時に電話するのと同質の行為だ。

案の定、そのあとは寝直せず、睡眠不足のまま午後五時に新潮社へ。

来週収録がある、日本テレビの番組スタッフとの打ち合わせ。

終了後、『新潮』編輯長の矢野氏が白っぽい顔で現われ、全く渡すことのできぬ状態に陥った、一連の原稿について予定の立て直しを図ってくれる。

即ち、新年号に短篇、二月号に随筆、三月号に日記、四月号に中篇、との掲載の流れ。

その予定を組む矢野氏の、終始ニコリともせぬ冷ややかな様子に（尤も、氏は犬猿の間柄である自分に対してだけは常にこの感じだが、今日はまた一段と、無機質なサイボーグ化している）、今度これを反故にしたら、もう後がないことを痛感。

そそくさと帰宅し、まずは目先の『週刊ポスト』掌篇の仕上げにかかる。

深更完成。題して「膣の復讐」。

いわゆる〝官能小説〟としては落第だろうが、このジャンルにして相も変わらぬ、〝貫多行状記〟のゾーンにコントロールはできた。

このまま送稿。

十月二十三日（日）

朝九時に室を出て、新幹線で大阪へ向かう。

大阪市中央公会堂で、午後二時より上原善広氏との対談。

上原氏の「新潮新書」での御担当である丸山氏もみえられている。自分の窓口役は誰も来ず。勢いが止まると冷たいものだ。

対談は、自分は相も変わらず大汗をかき、モゴモゴの口ぶりで終始。

上原氏に多大な迷惑をかけたかたちで、そそくさと帰路につく。

夜八時帰室。『文藝春秋』のゲラを直し、「日乗」を書き、『野性時代』の連載随筆、第三回目にとりかかる。

十月二十五日（火）

十一時起床。入浴。

朝日新聞出版から、『3・11後 ニッポンの論点』（朝日新聞社編）が届く。

どの執筆者からの寄贈だろうかと、訝りつつ帯を見れば、抜萃された一覧の中に自分の名もある。

中を開いてみると、九月のオピニオン面に載った、野田新政権に関する自分のインタビューが収載されている。当然、収録についての許諾書は送られてくるはずだが、何かの手違いが生じたか、自分のところには来ていなかったので、これには大いに驚く。

が、大変に有難いことなので、嬉々として自らの著書棚に並べ加える。

夜、月刊『文藝春秋』より、新年号の特集アンケートの依頼がくる。

深更、缶ビール一本、黄桜辛口一献六合。

レトルトのハンバーグとククレカレー。最後に、赤いきつねと、コンビニおにぎり三個。

十月二十六日（水）

十一時起床。入浴。「ビバリー」。

高田先生、オープニングと〝お便りいきなり大笑い〟のコーナーで、自分のことをイジって下さる。

夜六時、その高田文夫先生と荒木町にて対談。『小説現代』誌十二月号での企画。店前の路地でモノクログラビア用の写真を撮ったのち、腰を落ち着けての延々六時間にわたる夢のようなひとときを。

同席の柴崎氏も秋元編輯長も、やはり往年の『ビートたけしのオールナイトニッポン』世代なので、自分に引けを取らずの高田先生ファン。それが些か癪なので、少し思いの差を知らしめるべく、丸三十年のフリーク歴に裏打ちされた、高田蘊蓄をちょいちょい差し挟んで披露する（とは云え、この点に関しては松村邦洋氏には僅かに及ばないが）。

高田先生の〝傍流弟子〟を名乗ることも直々に許され、感無量となる。

現に、自分の小説の会話部分には、高田先生の話芸からの影響がかなり深い。

午前零時、タクシーで麴町に帰られる先生をお見送りしたのち、柴崎氏と興奮醒めやらぬまま「風花」へ。ここのところ体調すぐれず、一軒だけで引き上げるのが恒例となっていたので、実に久しぶりに赴く。

幸福な一夜。

十月二十七日（木）

十一時起床。入浴。「ビバリー」。

期待していた通り、今日もオープニングとお便りコーナーで、昨夜の自分のことをイジり倒して下さる。高田先生の愛あるダメ出しに、ひたすらの感謝。

文藝春秋の丹羽氏経由で、同社来年刊行の『喫煙室――くつろぎの時間』（『週刊文春』に長期掲載されている、JT提供のコラムをまとめたもの）に収録するエッセイの話がくる。無論、有難くお受けする。

『東京スポーツ』紙の、連載二十七回目を書いて送稿。

掲載日の〝文化の日〟は、『東スポ』は休刊だそうだが、『大阪スポーツ』、『九州スポーツ』は発行となる為、その版用に、急遽一話完結のエピソードを書く。

深更、缶ビール一本、宝一本。手製のシーチキン入りのオムレツとウインナー炒め。オリジンの白飯と桃屋の壜詰ザーサイ、カップのしじみ汁。

十月二十八日（金）

十一時起床。入浴。

午後二時半に室を出て、東京タワースタジオへ。

日本テレビ『人生が変わる1分間の深イィ話*』の収録。

先月に続いて、二回目となる出演。

賞金五万円と番組ストラップをまた貰う。

十月二十九日（土）

藤澤清造月命日。

上原善広氏、クール宅配便にて牛肉二キロを送って下さる。開いてみると、いかにも高級そうな霜降りのすき焼き用と、焼肉用二種類の二梱包。

氏の大阪・河内の実家が食肉業なのは有名だが、あの強面《こわもて》の、いかつい見た目とは

＊12月12日放送

異なる余りの細やかなお心遣いに、しばし絶句。

夜、スーパーへゆき、ネギと焼豆腐、白菜、エバラ「すき焼きのたれ」を購める。

『日刊ゲンダイ』紙、自分のインタビュー記事の四回目。四回の連載と聞いていたが、文末に〈つづく〉とある。来週もう一回載るのだろうか。

『野性時代』誌の連載随筆、四回目をようやくに書き上げ送稿したのち、明け方、上原氏に感謝しつつ、霜降り肉で〈一人すき焼き〉を楽しむ。

缶ビール一本、宝一本。

十月三十一日（月）

午後十二時起床。入浴。

『週刊ポスト』誌の、「膣の復讐」ゲラ訂正。掲載は十一月二十一日発売の、第四十三号との由。

『野性時代』誌、「一私小説書きの独語」ゲラ訂正。

韓国のＤａｓａｎ Ｂｏｏｋｓより、新潮社経由にてハングル版『苦役列車』。頼んでいた初刷のものではなく、二刷の方が十冊届く。再度、初刷の送本を依頼。

文春文庫版『小銭をかぞえる』五刷の見本も届く。

葉書を三枚書き、昨夜したためた封書一通と併せて投函。

夜、高田文夫先生からすすめられた、玉袋筋太郎氏の『新宿スペースインベーダー～昭和少年凸凹伝～』（武田ランダムハウスジャパン）を読む。面白い。

深更、先週末に上原善広氏から頂いた牛肉のうち、焼肉用一キロの半量を焼いて食べる。缶ビール一本、宝一本弱。

十一月一日（火）

十一時起床。少々腰が痛む。入浴。「ビバリー」。

午後五時、新潮社に赴き、カタログ誌『通販生活』二〇一二年春号用のインタビュー。

商品の使用感想等、約一時間。

引き続いて六時より、サントリーウイスキーのインタビュー。『文藝春秋』新年号に、前年の芥川・直木賞受賞者全員の短いインタビューを載せる、広告ページでの恒例企画。

文春広告部のかたと共に、『文學界』の森氏もやってくる。

〝ウイスキーを飲みながらの一冊〟に、前夜読んだ玉袋筋太郎氏の著書を挙げる。

自分と同年生まれの氏の初小説は、新宿と江戸川と云う育った地域の違いこそあれ、同じ生粋の東京人が共有する独得の空気感がたまらなく心地良い。

球場や野球帽、駅頭の傷痍軍人のエピソードなぞ、ほぼ似たような経験を持ちながらも、自分には逆立ちしたって、これらをここまで魅力的に描くことはできない。

終了後、『新潮』誌の田畑氏と軽く飲んで帰宅。

少し晩酌したのち、床《とこ》で大河内昭爾氏の新刊、『わが友　わが文学』（草場書房）を拾い読みしているうち、いつの間にか寝入る。

十一月二日（水）

十一時起床。入浴。「ビバリー」。

午後六時半、新宿の「風花」で、坪内祐三氏と対談。『en-taxi』冬号での企画。

同誌の田中陽子編輯長が用意して下すった、崎陽軒のシウマイ弁当（自分には二個あてがってくれる）を肴に、話をさして頂く。

その後、坪内氏に誘って頂き、滅多にゆかぬ、「猫目」へ移動。

入ってボックス席に座った途端、初めて実物を見る福田和也が、カウンターの遠い席より、何んのつもりかいきなり自分に突っかかってくる。

で、致し方なく、これを軽く叱る。

五十過ぎの、偉い大学教授を叱るのは些か気がさすが、やむを得ない。お酒は適量を楽しく飲みたいものだ。

陽子編輯長に引っ張られるかたちで、「猫目」から「風花」、「風花」から「猫目」へと何度か往復して、宝とキンミヤを鱈腹飲む。

愉快な一夜。

十一月二日（木）

十一時起床。入浴。

田中英光祥月命日。

二十八歳の頃までは、この日は青山の立山墓地にある英光のお墓にゆき、その後三鷹に向かって禅林寺の太宰治の墓——即ち、英光が自らの意志で最後に辿りついたその墓前に佇み、息を引き取った井頭病院を廻ってくるのが常であった。

もう不参するようになって、十六年が経つ。

『小説現代』編輯部からバイク便で届いた、先日の高田先生との対談ゲラを見る。

流れるようなテンポの良さは、さすがに先生の話術なだけのことはあるが、これを構成した、同誌の柴崎氏のセンスもまた素晴らしい。

あの長時間に及んだ話を、よくもここまで先生の魅力と面白さを生かしつつ、コンパクトにまとめて下すったものである。掲載される十二月号の出来が待ち遠しい。

『東京スポーツ』紙の、連載二十八回目を書いてファクシミリで送稿。

『新潮45』十二月号に載ることになった、先般の上原氏との対談ゲラも見る。

十一月五日（土）

コンビニで『日刊ゲンダイ』を購める。やはり当初は聞いていなかった、自分の五回目のインタビュー記事が載っている。で、これをもって〝西村賢太篇〟は完結らしい。

夕方より室にこもり、新潮文庫版『藤澤清造短篇集』のゲラ。

十一月七日（月）

十一時起床。「ビバリー」。

昨日、ひねった腰が少々悪化。先日もひねったので完全に妙なクセがついてしまった。

夕方、手紙二本書いて投函しにゆくが、ポストまでの歩行がヨチヨチ歩きみたいな塩梅になる。

その足で食料を購めて帰宅後、一歩も外に出ず。

『読売新聞』の読書面、〈空想書店〉の原稿、まずおすすめの五冊と云うのを先に書いて、ファクシミリで送る。

藤澤清造『根津権現裏』（新潮文庫）、田中英光『オリンポスの果実』（新潮文庫）、葛西善蔵『子をつれて』（岩波文庫）、横溝正史『本陣殺人事件』（角川文庫）、高田文夫編『江戸前で笑いたい　志ん生からビートたけしへ』（中公文庫）を挙げる。それぞれに八十字から百字のコメントを付す。

深更、おにぎりと魚肉ソーセージ、スナック菓子二袋で宝一本。カップヌードルのカレー味をすすって寝る。

十一月八日（火）

十一時起床。「ビバリー」。

腰痛のピークは過ぎた感じ。午後からサウナにゆき、充分にあたためる。

夕方、帰宅。〈空想書店〉用の色紙を書く。文言は、〝小説にすがりつきたい夜もある〟。

ついで、『en‐taxi』から届けられた、先日の坪内氏対談のゲラを見る。

「風花」で勝谷誠彦と揉めた件についても、この対談中でもふれている。

対談の場所と云うのが、その「風花」に他ならぬ為だったが、実のところ、自分はそんなことは、もうとっくに忘れきった状態になっていた。

あっちこっちで揉めているので、かような些事は、文字通りの些事としてすでに処理されていたのだが、先般、或る人からこの件につき唐突に聞かれる機会があって大いに面食らい、ついでその話の変わりように唖然とした。

何んでも、大阪で放送しているテレビ番組で、勝谷本人からの情報として最近この一件がネタになったとのこと。自分はこの番組を直に見てはいないので、以下の、その部分での内容は伝聞となる。

番組中では無頼派芥川賞作家のN、と云う仮名だったそうだが、勝谷と或る女性タレントが、「風花」と覚しき新宿の文壇バーで飲んでいたところ、酔っ払った自分が、いきなりそこに絡んでいったそうである。そして勝谷から、俺はボクシングをやっているぞ、と凄まれると、急におとなしくなって詫びを入れた、とのことだそうで、かの顚末について出演者が、その女性タレントに、この噂は本当か、と問うたそうである。

で、その女性タレントのかたは、これを全否定したとの由だが、それは至極当然な話で、自分も「風花」内ではおろか、これまでこのかたをテレビの画面以外でお見かけしたことは一度もない。

無論、この話の内容に限った点で云えば、自分が勝谷に凄まれて謝まった事実と云うのも、全くないことである。むしろ逆だ。拙作の〈貫多行状記〉のネタとしては、なかなかにおいしい展開だが、しかし事実に反するデマに対しては、それが不確実な伝聞にしたところで、当然否定せざるを得ない。が、その点は先の対談中で一応はすませた。なのでここでは、単にかの出来事の一部始終を、有り体の事実のままに記しておく。

確かに、「風花」では一度この評論家と遭遇したことがある。そのとき自分は角川書店の吉良、山田、藤田氏、それともう一人の編輯者（この名は伏せているのではなく、こいつは不快すぎてその名を書くのがイヤなだけである）と一緒だった。で、地声のでかい自分は、そこで一人で騒いでいると、突然カウンターの右奥の方から、あの声のでかい奴はなんなんだ、と云うような聞こえよがしの罵言を浴びせかけられ、その方を向くと、かの評論家がこちらを好戦的な目で見ているので、仕方なく立ち上がって歩み寄り、ハッキリした用向きをお尋ねするべく、胸倉を摑んでねじり上げてやったのである。

そのときの先方は、連れかどうかは知らぬが五十過ぎの男と三人でいた。女性タレントなぞは、どこにもいやしない。

すぐに角川の編輯者に四人がかりで引き離された（自分が）が、その後も先方がイヤミを言ってきたので、自分は制止を振り切って突進してゆき、またぞろ胸倉を摑んで振り廻すことを、あれで二度程繰り返したであろうか。

その際、三度目に引き離された直後、先方が連れ（?）の二人に、「俺はボクシングをやっているから手が出せないんだ」と言うのが聞こえ、ついで角川の編輯者に向かい、「お前ら、角川の者か」なぞ凄みを利かせ、「この伸びたシャツを、お前らが弁償しろ！」なぞとも言っているので、も一度摑みかかりに行ってやったところ、何んだか「風花」のママに激しく叱られた（自分が）し、正直、少々鬱陶しくもなったので、もうそれでソッポを向いて飲み続けることにしたのである。

と、しばらくしてから先方が、一番左隅の席に追いやられたこちらの方にやってきて、経営していると云う、うどん屋の名刺を自分に出し、「食べにきてくれ」なぞ言ってきた。で、自分はその名刺を、「あげる」とママに押しつけ、更にソッポを向いて飲んでいるうち、先方がいつか先に店を出て行った——と云うのが、ことの全真相である。

これ以上の話も、以下の話もない。

これは、「風花」のママにも確認を取ったし、角川書店の先述四人の編輯者も、一部始終を見ていて知っている。先方もかの店の古くからの常連だろうし、角川では自分より以前から、かつ、はるかに多くの量の仕事をやっているので、この件に関する証言で、それらの人々が自分の肩を一方的に持つと云うことは有り得ないのである。

いったいに自分は、さのみ暴力的なことは好まない。大抵は誰とケンカになったところで負ける。だが、少なくともかようなレベルの相手に負ける程、耄碌《もうろく》はしていない。

今回は、あくまでも伝聞にせよ一方的にムシ返されるかたちとなり、それが全く事実と異なっていたので、ちと無駄な記憶力を駆使する次第となったが、ついでに云えば、この些事は昨年の五月のことである。

つまり、自分が芥川賞を貰う、ずっと以前の話であり、その時分には何も言われなかったのを考え併せると、やはりこんなのも、いわば受賞の余禄の一つには違いない。

くだらぬことである。

十一月九日（水）

十一時起床。入浴。「ビバリー」。

〈空想書店〉本文用の原稿、八百七十六字を書いて送稿。『読売』十三日付掲載予定。

『週刊ポスト』の掌篇、丁寧にも再校が届く。

新潮文庫版『根津権現裏』三刷の知らせ。

部数の多い同文庫での、発刊四箇月にしての三刷だから、これは一応の成功である。出版を拒否した、二社の当時の責任者に感想を聞いてみたいものだ。文芸編輯者たる者、高い給料に見合った広い視野と、感度の高いアンテナを、すべからく（との使い方は誤用だが）己がうちに備えておいてもらいたいものである。いっときの、現今の一見勝ち馬に媚びへつらう、容易く無難な道を行くばかりが能ではあるまい。

十一月十日（木）

十一時起床。入浴。「ビバリー」。

月刊『文藝春秋』十二月号が届く。〝モテ期〟随筆「やもめ中年の夢」掲載号。

『東京スポーツ』紙の、連載二十九回目を書いてファクシミリで送稿。

返事を要する手紙はたまる一方だが、決して筆マメな質ではないので（小説書きとして致命的な欠陥だが）、なかなか書けず。ようよう礼状の葉書三枚を書く。

深更、缶詰とレトルトのビーフシチューで缶ビール一本、宝一本弱。赤いきつねと冷凍ドライカレー一袋。

十一月十一日（金）

午後三時、新潮社へ行って約一時間半の打ち合わせ。

真っすぐ帰宅し、高知県立文学館「太宰治　田中英光展」のパネル解説文のゲラ、『読売』のゲラ、サントリー広告のゲラ、『東スポ』のゲラ、と順々に手を入れる。

九時過ぎ、十条駅前の中華屋で、五目うま煮そばと餃子ライス。

深更、湯豆腐とカンパチのお刺身で、缶ビール一本、宝一本。

十一月十四日（月）

午後十二時起床。入浴。

『小説現代』の柴﨑氏より、先日の高田文夫先生との対談写真（グラビア頁で使用するらしきもの）を大きく引きのばし、額装したものを贈られる。

早速、廊下の壁面に掲げる。

本当はリビングの方に掲げたいが、そこは本然の師たる藤澤清造以外のものは何も置かぬことに決めているので、止むを得ない。

十一月十五日（火）

十一時起床。入浴。「ビバリー」。

午後から雑用一束を順々に消化。

短篇に、未だ手をつけられぬ焦りに気分がふさぐ。

十一月十六日（水）

十一時起床。入浴。「ビバリー」。

本日は、至室の近くの「北とぴあ」で高田先生の出演されるライブが行なわれるが、我慢して仕事をする。

一方で、本来は今日が提出日だった『新潮』新年号の短篇を、更にぎりぎりまで延ばしてもらうこととなり、いよいよ追いつめられた状況になっている。

『文藝春秋』新年号のアンケート八百字を書いて送稿ののち、『東京スポーツ』連載三十回目を書く。

来週木曜に生出演する、TOKYO MXテレビの『5時に夢中！』（中瀬ゆかり氏がこの日は休むので、その粗悪な代替品として）のおすすめ装幀本に、文庫版『根津権現裏』を挙げる旨、藺牟田氏に連絡。

新潮社出版部の桜井氏より、十三日放送の、『週刊ブックレビュー』のDVDが届くも、すぐには観られず。俳優の六角精児氏が、拙作『寒灯』を採り上げて下すったらしい。

十一月十七日（木）

午後十二時起床。入浴。

本日夜から短篇に着手。四十枚見当。

深更三時までにノート五頁書く。書きだしは、いつもエンジンがかかりにくい。

『新潮45』十二月号が届く。上原善広氏との対談掲載。

十一月十八日（金）

十一時起床。入浴。「ビバリー」。

短篇書き継ぐ。

明け方四時までにノート八頁。

十一月十九日（土）

午後十二時半起床。雨、風強し。

『小説現代』十二月号届く。高田先生との対談掲載。ざっと読み返し、改めて先生のお言葉に励まされた気分になる。

同誌に連載されている「談笑亭日常」中でも、今回は自分をいい感じにイジって下すっている。

対談中にもある通り、念願叶って〝傍流弟子〟たることを認めて下すったのだから、それに恥じぬ仕事を続けていかなければならない。

本日から、ノートに下書きをした分の清書も、並行して進める。すっかり下書きを終えたのちに、改めて清書を行なういつものやりかたでは、ちと間に合いそうもない。

夜十時までに清書九枚。

そののち、明け方四時までにノート十頁。

少し調子が上がってくる。

十一月二十日（日）

午後二時起床。

『東スポ』のゲラ、『通販生活』の、折り込みチラシの方のゲラ、『週刊ブックレビュー　ガイドブック』のゲラを見たのち、宅配便で届いた角川書店の文庫のゲラを、ちょっと見る。新潮文庫での〈藤澤清造シリーズ〉同様の好評を得られるといいのだが。

夜十時までに清書七枚。

明け方四時までにノート八頁。

依然、焦りは続く。

十一月二十一日（月）

午後二時起床。入浴。

夜十時までに清書八枚。

明け方四時半過ぎ、ノート六頁、計三十七頁をもって、下書き終了。

十一月二十二日（火）

午後二時半起床。

この間、十一時半前に、強引に一度目を覚まし、枕元のトランジスタラジオで、「ビバリー」のオープニングトークのみを聞いてまた眠る。

で、入浴をすませたのちコンビニにゆき、朝刊数紙を購める。

高田先生が仰有られていた通り、『小説現代』誌の広告中に、先生と自分の顔写真が並んでいる。切り抜いて、大切に保存。

明け方四時、清書十九枚を仕上げ、都合四十三枚にて「青痣」、一応の完成。

今回は焦りがいい方向に作用したか、自分にしては割と順調に進んだ。いつもこうありたいものだ。

缶ビール一本、宝一本。

十一月二十三日（水）

午後二時起床。入浴。

「青痣」、通しで読み返しつつ訂正を入れる。

短篇の推敲は刈り込むのが理想なのかもしれぬが、自分の場合は、逆に滅法加筆が多い。

だが、無駄のないシャープな文体よりかは、くどくどとねちっこくてアクの強いそれの方が、自分の良しとするスタイルなので、これはもう致し方がない。

矢鱈に消して、その数倍を書き込み、最早〝清書〟の態をなさぬ汚ない原稿を、夜八時過ぎになってようやく『新潮』に送る。着払いのバイク便使用。

程なくして、同誌の田畑氏より、携帯メールに採用の連絡がくる。とあれ一安心。

缶ビール一本、宝一本。宅配寿司三人前。

十一月二十四日（木）

十一時半起床。「ビバリー」、立川談志追悼放送。入浴。

午後四時、半蔵門のＴＯＫＹＯ　ＭＸテレビへ。

正面玄関前にて、藺牟田氏、及び新潮社からの田畑、桜井、古浦氏と合流。

五時からの生放送、『5時に夢中！』に、中瀬ゆかり氏の代役（が、つとまるわけもないが）で初出演。岩井志麻子氏に助けられるかたちで、何んとか一時間持ちこたえる。

古浦氏より、新潮文庫版『根津権現裏』三刷の見本を頂く。年明けに『藤澤清造短篇集』の刊行が控えているので（つまり、清造著作も同文庫で二冊目となるので）、新潮文庫ルールにより、この版から背表紙に色が付く。はな、自分の同文庫でのカポーティ・ブルー（拙著に色が付く際、自分はトルーマン・カポーティの、同文庫での深みのある青色と同じにしてくれるように依頼し、これは他の濃紺ともまた違った複雑な色合いなので、前記担当者らの間では便宜的にこう呼んでいる）で揃えるつもりだったが、やはり師の著作が自分と同色では失礼になるので、最終的に黒色を選んでいた。

出来上がりを見てみると、黒で、やはり大正解である。

七時過ぎに氏らと別れ、四谷三丁目に移動。

『小説現代』誌の柴崎氏と、七時半より打ち合わせ。

焼肉とウーロンハイを、鱈腹飲み食いする。

十一月二十五日（金）

午後一時起床。入浴。

『東京スポーツ』紙の、連載三十一回目を書いてファクシミリにて送稿。

その〈いろ艶筆〉欄は、あと三回で自分の連載は終了だが、正月特大号用に単発での随筆の依頼がきていた。無論、ありがたく引き受ける。

数日前に届いていた、「膣の復讐」掲載の、『週刊ポスト』を開く。

挿絵が思いもかけず、あの横溝文庫の杉本一文氏であることに驚き、感激する。

角川文庫より、『人もいない春』のゲラ戻しの督促。

夜、『新潮』編輯部より、バイク便にて「青痣」のゲラ到着。

十一月二十八日（月）

朝方、バイク便にて新潮社へ「青痣」のゲラ戻し。

加筆分を含めて都合四十六枚程で最終形となる。

缶ビール一本、宝一本弱を飲んで寝る。

午後二時起床。入浴。

雑用一束。

深更、黄桜辛口一献五合。宅配のチラシ寿司と、手製の豚汁。

十一月二十九日（火）

藤澤清造月命日。

午後一時過ぎ起床。入浴。

手紙を四本書いたのち、締切を延ばしてもらっていた、『野性時代』の連載随筆五回目にとりかかる。

深更、八枚を書いてファクシミリにて送稿。

黄桜辛口一献五合と、コンビニ弁当の焼うどんに唐揚げ弁当、レトルトのビーフシチューを飲み食いして就寝。

十一月三十日（水）

午後二時起床。

『野性時代』の藤田氏よりファクシミリが届いており、今月のも無事採用となる。

同じく角川書店の山田氏より、文庫本二種のカバーラフが届く。一つは編著、もう一つのは『二度はゆけぬ町の地図』のリニューアルのイラスト。ともに信濃八太郎氏に依頼。

夜、その山田氏からファクシミリにて、今度は一月刊の文庫、『人もいない春』のカバー袖の文案。

もりで食べる。

スーパーで購めた生食用の牡蠣二パックと、カツオの叩き。最後に生そばを茹でて、

深更、缶ビール一本、宝一本。

『新潮』田畑氏より校了の連絡。「青痣」、無事に同誌新年号に載る模様。

十二月一日（木）

十一時起床。入浴。「ビバリー」。

いつの間にか師走。今年は、特に月日の経つのが早く感じられる。

『野性時代』へのゲラを戻す。相変わらず訂正が多い。

『東京スポーツ』紙の連載三十二回目を書いて、ファクシミリにて送稿。

週末の『スポーツ報知』上で第一報発表となる、『苦役列車』映画化の記事中に、

急遽百五十字でのコメント文を求められる。東映側の意向。

十二月二日（金）

午後一時起床。入浴。

異常に寒く、昼間から暖房を入れる。

夜、『東スポ』のゲラを見たのち、『サンデー毎日』新年特大号用の〝年賀状〟を書く。自分に課せられた宛先は、〈原発労働者〉。

深更、せんに藺牟田氏から頂いたプレーヤーで、昭和五十年のATG映画『本陣殺人事件』のDVDを観る。DVD化されてからは、初めてとなる観返し。

宝一本、宅配寿司三人前。手製のしじみ汁。

十二月三日（土）

十二時起床。入浴。

夜、久方ぶりに買淫。帰路、久しぶりに喜多方ラーメン大盛り。

『スポーツ報知』に、映画化の第一報。かなり大きい記事。

一昨日書いて送った自分のコメントも、ほぼそのまま使われている。以下は原稿として書いた方の、コメントの全文（百五十字との制限付きであった）。

この小説には、大向こう受けする要素が一切ない。多彩な登場人物もなければ、起伏に富んだストーリーもない。一人の落伍者の内面描写が眼目だから、いわば活字でしか成立し得ない世界だ。しかし、これを異能の山下敦弘氏が手がけられると聞き、その映像化への危惧は霧散した。すべてを委ねた上で、客観的に完成を待ちたい。

映画化については今年二月の時点で申込みがあり、その後何度か新潮社で、監督者も交えての打ち合わせを行なっていた。はなから原作者一切不介入、の立場を伝えてはいたのだが、やはり幾度か自分も呼びだされていた。だが、それは東映サイドの真摯な映画づくりの情熱のあらわれであろう。

現在届いている、第三稿に当たる撮影稿を読むと、映画版のオリジナルキャラ以外はおおむね原作通りになっているが、これは幾分、当方に配慮しすぎのきらいがある。映像化に関しては全面的に委ねた以上、もっと無茶苦茶にいじってもらってかまわない。

十二月四日（日）

午後六時、フジテレビの湾岸スタジオへ。

「人志松本のすべらない話　クリスマスSP」の観覧ゲスト出演。[*] 錚々たるプレーヤ

＊12月23日放送

ー、有名タレントのゲスト五、六十名の中に、一人わけの分からぬ素人が混じったかたち。

今回、何よりもうれしかったのは、観覧ゲストのお一人である稲垣潤一氏と、極めて短い時間ながらお話をさせて頂いたことだ。

何んと氏は、ミュージシャンのお仲間から拙作に度々名前を書かれていることを聞いておられ、自分の存在を知って下すっていた。今後は拙著を寄贈させて頂く許可も頂き、握手までして下さる（傍らにいた『新潮』の田畑氏が、あとで激しく羨ましがったものだ）。

実は、事前の出演者表で、この日のゲスト中に稲垣氏のお名前があるのを見て、十年前の、氏の二十周年記念時《たの》のベスト盤ライナーノーツを持参していた。

万に一つの僥倖を恃み、サインを頂く機会を狙っていたのだが、氏はこれに快く応じて下さり、宛名まで書いて下さる。のみならず、氏の事務所のかたから、その場で先般に出た三十周年記念のベスト盤の見本まで頂いてしまう。

オープニングは稲垣氏の歌で始まったが、クリスマス特番ゆえ、曲は当然「クリスマスキャロルの頃には」。

聴いていて、思わず泣きそうになる。

小説中では〝秋恵〟のみが稲垣潤一ファンのように書いているが、実際は、そもそもこれは自分よりの影響だったのである……。

十二月六日（火）

十一時起床。入浴。

角川書店の山田氏より、編著文庫の、手直しのカバーラフが届く。

夕方、サイン本作りに没頭。

終わって、近所の中華屋にてラーメンと餃子ライス。

深更、牡蠣入りの湯豆腐で缶ビール一本、宝ほぼ一本。

十二月七日（水）

十一時起床。入浴。「ビバリー」。

午後三時半、根津権現へ。同神社内で『毎日新聞』夕刊のインタビューと写真撮影。約一時間で終了。

その足で池袋に向かい、ビックカメラでテレビを購める。

三月の地震で台から落ち、壊れて以降、テレビなしの生活を送ってきたが、やはり映画や落語のDVDを観たいときもあるので、前日、急に買い購める気になった。四十型の、DVDとブルーレイが内蔵されたBRAVIAと云うのを選ぶ。

西武の地下に寄り、崎陽軒のシウマイ弁当二個と、まい泉の海老フライを仕入れて帰る。

深更、缶ビール二本、黄桜辛口一献五合。

十二月八日（木）

十一時起床。入浴。「ビバリー」。

芥川賞の、三度目の候補に挙がった連絡がきたのが、一年前の今日であった。当時まったく『文學界』とは没交渉になっていたので、その連絡は日本文学振興会からのファクシミリで来た。

もう、候補の対象外にされているものとばかり思っていたので、これにはかなり驚き、落選は分かりきっていても、やはり胸がときめいた。

そうだ。そのときは唯一原稿を受け入れてくれていた『新潮』の二月号用に、「腐泥の果実」を書いていて、その清書に取りかかっていたのである。無論それが終わったら、他に提出する原稿の用は一件もない状況であった。

それが丸一年ののちには、これは芥川特需の締め括りみたいな気配とは云え、年末までのあと二十日程の間に、都合十回の締切りを設けられた原稿仕事が控えている。いずれも短文のエッセイながら、商業誌に出てから七年の間、自分にはそれらの依頼は殆ど来ることがなかったのだ。つくづく、有難いことである。

で、早速その内の一本であるところの、『東京スポーツ』の連載、第三十三回目を書く。この連載も、残すところあと一回だ。

十二月九日（金）

十一時起床。入浴。「ビバリー」。

NHKのアナウンス室より電話があり、明日放送のBSか何かの番組で、『苦役列車』文中の一節を朗読したので、その規定使用料を振り込むとのこと。

現在の韓国の中の日本語文化、と云うのがテーマの番組らしく、ハングル版『苦役～』の訳者、ヤン・オッカン氏のインタビュー映像もあるとの由。放送後、DVDを送って下さるように依頼する。

夕方、テレビが届く。四十型は一寸大きすぎた感じ。

二時間程眺めていたが、久しく見ていなかったので目がチカチカする。やはりDV

D観賞専用のものとすべきであろう。

深更、缶ビール一本。宝一本弱。宝のストックが切れる。

十二月十日（土）

午後十二時起床。入浴。

蘭牟田氏より連絡があり、十五日の深夜に放送する、TBS「ゴロウ・デラックス」は未公開シーン特集らしく、自分のVTRも使われるとのこと。

そう云えば、二月に出演したBS11の「ベストセラーBOOK TV」でも、総集編で映像再使用の連絡が来ていた。こちらは三十日夜の放送。

カクヤスで、宝焼酎「純」の二十五度、七百二十ミリリットル四ケース（四十八本）を注文。来年、一月一杯くらいまでは充分に保ちそうだ。

明日は夜から、日本テレビの特番の、ワンコーナー出演。*

十二月十二日（月）

十一時起床。入浴。「ビバリー」。

午後六時到着を目指し、新潮社へ向かう。

来週収録が行なわれる、フジテレビの深夜枠特番の打ち合わせ。

三十分程で終了ののち、今度はTBSの特番で使用すると云う、VTRの撮影。

その後、古浦氏と文庫の用件をすませてから、『新潮』の田畑氏を加え、鶴巻町の「砂場」へ。

ウーロンハイに、お刺身、もつ煮込み、鶏カラ等。

最後に天丼を食べ、九時半に店を出て真っすぐ帰宅。

深更、宝三分の二本。レトルトカレーと柿ピー。

十二月十三日（火）

午後十二時起床。入浴。

『東京スポーツ』正月特大号用の随筆を書いて、ファクシミリで送稿。

十二月十四日（水）

十一時起床。入浴。「ビバリー」。

『新潮』二月号用の随筆を書き始める。が、はかどらず。未だ『新潮』に何かを書く

＊「中居正広のザ・大年表5」12月29日放送

ときは、ヘンに緊張する癖が抜けきらない。単に清造や善蔵、英光も書いていたから、と云う理由にしかすぎないのだが。

夜、先日観返したばかりの『本陣殺人事件』DVDを、こないだ購めた大画面のテレビで改めて眺める。

やはり、金田一映画としては、野村芳太郎の『八つ墓村』、市川崑の『悪魔の手毬唄』と並ぶ、ベストスリーの作（ちなみに、自分が思う、最も優れた日本の推理映画は、曾根中生の『不連続殺人事件』）。

十二月十五日（木）

十一時起床。入浴。「ビバリー」。

『東京スポーツ』のゲラを見たあと、同じく『東スポ』の連載随筆を書く。今回が最終回。

計三十四回、とあれ一回も落とさず、無事に終われて良かった。

夜七時前に家を出て、西新宿のパークハイアットに向かう。

『週刊ポスト』の打ち合わせ。

帰宅後、『新潮』の随筆を書き継ぎ、午前二時半、ファクシミリにて送稿。

宝半本、コンビニ弁当のナポリタンと肉まん三個、ベビースターの中袋一つ。

十二月十六日（金）

十一時起床。「ビバリー」。

午後、サウナに二時間弱。

帰り途、コンビニに寄って『日刊スポーツ』を購める。

芸能面に映画『苦役列車』の大きな記事。

貫多役の、俳優氏の写真も出ているが、チェックのシャツのすそをジーンズにインするなぞ、なかなか貫多風のダサさを再現しておられる。完成が楽しみだ。

夜七時半過ぎに帝国ホテルへ。

野間三賞の、パーティーの方に参加する。

入口のところで『小説現代』の柴崎氏と合流。会場に向かうロビーのところで、けったくそ悪い初老の無能作家とすれ違う。

柴崎氏、その文壇遊泳術のみに長けた男芸者に深々とお辞儀をし、向こうも軽く頭を下げてきた瞬間、自分は傲然と胸を反らす。で、数歩進んでから聞こえよがしに、「今の、随分と小男だねえ」と言ってやる。気分良し。

会場で、先輩作家として敬している佐伯一麦氏に、丸四年ぶりにお会いする。こちらの体のことを心配して下さり、大恐縮。

終了後、坪内祐三氏と、その講談社での担当編輯者（柴崎氏と島田氏）に混じって、銀座の「維新號」で中華料理。『小説現代』で書かしてもらう、連載随筆のタイトルを相談する。いつもはすべて自分で決めるのだが、此度はどれもピンとこないので、一寸相談してみる気になった。

柴崎氏の案を元に、坪内氏が見事なものを提示する。一も二もなく、それに飛びつく。

最後に名物の肉まんを食べ、「ザボン」に移動。自分は初めて足を踏み入れる。同店の美女軍団に圧倒される。

二時間もすると坪内氏、例によって何んの前触れもなく立ち上がり、「新宿に行ってくる」とだけ言い残して、風のように去る。

柴崎氏と二時まで粘ってから帰宅する。

十二月十七日（土）

十一時起床。起きると同時、無性に腹が減って、冷凍保存しておいたコンビニおにぎり三個を貪り食う。

夜、買淫。帰路、喜多方ラーメン大盛り。

帰宅後、文藝春秋の『喫煙室』に収録する、五枚の随筆に取りかかる。

深更、缶ビール一本、宝一本弱。

手製の赤ウインナー炒めと、パック詰めのもつ煮込み、福神漬。最後に袋入りの、マルちゃんカレーうどんを煮て食べたのち寝る。

十二月十八日（日）

午後十二時起床。入浴。

届いていた映画『苦役列車』の決定稿を読む。この台本、七冊を東映側に所望していたところ、何んとシリアルナンバー、一番から七番の、最高のものを送ってくれた。部外秘のもの故、一冊一冊に番号が入っているのだが、なるたけ若い番号を、との希望を伝えておいた甲斐があった。

『新潮』の、随筆ゲラの直しをしたのち、『喫煙室』の続きを書く。

ここ数箇月、やたらイライラさせられてきた心中の厄介ごとが消え、すべてを捨てて心機一転した為か、仕事はすこぶる順調。これからも、常にこうありたいものだ。

十二月十九日（月）

午前十一時、四谷四丁目へ。

映画『苦役列車』のロケ訪問。

はな、すべての点で原作者不介入の意向を伝えていることは、前にも記した。だからこれは、決して自分の本意とするところではないし、かつ、街頭ロケではなく、スナック店内での撮影と聞けば、尚のことに遠慮せねばならぬケースであろう。

街頭ならば或る程度の部外者の眼前にも触れ得ようが、密室内での撮影は、状況的にはスタジオのセットとほぼ同じである。演じる俳優も各々ピリピリしてるだろうし、撮影スタッフとの息の合わせかたと云うものが、この場合、何より大事なことに違いあるまい。

そんなところへ、自分がいっぱしの原作者ヅラして入り込んでいったなら、少なからずその大切な空間をブチ毀すことにもなってしまう。

が、これはかねてより東映側から要請されていた、あくまでも映画宣伝の一環としてのものらしいので、どうにも仕方がない。

現場のスナック前にゆくと、新潮社から田畑、桜井、古浦氏、それに『週刊新潮』

の記者とカメラマンがすでに到着している。

貫多役と、高橋役の俳優氏による、此度の脚本の中での重要シーン。原作中の高橋はさして重要な登場人物でもないが、この映画中においては圧倒的な存在感を放つであろうことは、かのスナックでのワンシーンを瞥見しただけでも充分に確信できる思いだ。

二時間程で、このスナックでのロケは全終了となる。その後、主演俳優氏と共に『週刊新潮』の取材。

田畑氏と遅めの昼食を摂ったのち、四時に帰宅。

文藝春秋『喫煙室』用の随筆を、ファクシミリにて送稿。

十二月二十日（火）

十一時起床。入浴。「ビバリー」。

『野性時代』の連載随筆、第六回目に取りかかる。

十二月二十一日（水）

『野性時代』第六回目を書き終え、深更、送稿。

十二月二十二日（木）

十一時半起床。入浴。

『毎日新聞』の井田記者より電話があり、先日根津神社で行なったインタビューが、本日の夕刊に出るとのこと。

夕方、王子駅の売店にゆき、エロ随筆の最終回が掲載された『東京スポーツ』紙と共に購める。一面に出ているのがなかなか見栄えがいいので、売店に引き返して、もう二部購む。

夜、うま煮そばと餃子ライスを食べて戻ってくると、『野性時代』のゲラがファクシミリで届いている。

訂正を入れて深更に返送。

十二月二十三日（金）

十一時半起床。入浴。

午後三時到着を目指し、浅草橋へ。以前にも出演さしてもらったことのある、フジテレビの深夜枠特番のロケ撮影*。原稿仕事が立て込んでいるときは、どうしても自律神経の方がおかしくなり、真冬でも汗だくとなる。

五時半に終了後、急いで帰宅。スーツに着替え、ネクタイをしめて、改めて西新宿に向かう。

ヒルトンホテルでの、稲垣潤一氏のディナーショーへ。

何んとこれは、稲垣氏より招待されてのもの。

ディナーは固辞し、八時からのショーの方のみ、お邪魔さして頂く。

会場入口の前で、稲垣氏のマネージャーの野口氏が待っていて下さる。席に案内されると、そのステージ前から三列目の大円卓は招待客専用のものらしく、有名なレーサーや、音楽評論家らがいた。

こうしたかたちでのライブを体験するのは初めてだったが、始まって一瞬後には、これまで抱いていたディナーショーと云うものへの偏見は覆った。

確かに、集《つど》うていた客層は、ほぼ中高年者である。それも当然で、おそらくどの席も三万五千円以上からの話であるならば、若年層にはやはり敷居も高かろう。

だが、そこには自分がはな思い描いていた、満艦飾に着かざった中高年者がイヤらしい優越感を面《おもて》にあらわしつつ、殊更優雅にかまえてステージを楽しむなぞと云う、

＊「アウト×デラックス2」平成24年1月5日放送

薄みっともない図はどこにも見当たらなかった。

もし一点あったとするならば、それは中盤で稲垣氏から紹介され、著名人気取りの上気した顔で愛嬌を振りまいていた、豚のような自分の姿のみである。

サウンドも素晴らしかったが、何よりもうれしいのは、稲垣氏は歌いかたを一切変えずにいて下すったことだ。いったいに往年のヒット曲を披露する際には、ヘンに歌いかたを変えたり、曲自体をアレンジして、すっかり〝改悪〟してしまう歌い手が多い中、この日はデビュー三十周年記念と云うこともあってか、「雨のリグレット」や「ドラマティック・レイン」、「ロング・バージョン」、「夏のクラクション」等の初期の曲を立て続けに歌った稲垣氏は、それはドラムこそ叩かなかったものの、全く往時のかたちのままにこれらの名ナンバーを提供して下すった。

そのライブに参じた五百人程の観客は、すっかり熱狂の一体感に包まれきったものである。

終演後、野口氏に連れられて、控え室の稲垣氏のもとにお邪魔する。ここでも野暮な自分は、持参した色紙やライナーノーツに為書き入りのサインを所望してしまったが、氏はイヤな顔一つされず、シャイな笑顔で応じて下すった。

先般の高田先生との対談時と共に、今年一番の感動と興奮を覚えた一夜。

十二月二十四日（土）

十一時起床。入浴。

手紙を三本書く。

夕方、池袋のデパートに出かけ、稲垣氏と野口氏へのお礼のワインを、それぞれ発送。

クリスマスイブのせいか、地下の食品売り場はたいへんな盛況ぶり。

通りがかって横目で見たら、余りに美味そうだったのでチキンを購む。丸焼き状の小ぶりのもので、売価二千百円。

高いのか安いのかよく分からぬが、かような日にチキンを購入するのは初めてのことだ。

ついでに炙りサーモンのサラダも五百グラム購める。

深更、チキンとサラダで缶ビール一本、宝一本。

丸焼きとは、すこぶる食べにくいものであることを知る。

十二月二十五日（日）

十一時起床。入浴。

自分の商品紹介の記事が載った、カタログ雑誌『通販生活』二〇一二春号が届く。

『小説現代』の二月号から始まる、連載随筆第一回目に取りかかる。

十二月二十六日（月）

『小説現代』随筆、気にそまず、アタマから書き直す。

十二月二十七日（火）

十一時起床。入浴。

午後二時半、『小説現代』随筆をファクシミリにて送稿。

お蕎麦を食べに外へ出たついでに、本日発売の『週刊新潮』と『週刊文春』をコンビニで購める。前者は先日の映画ロケ見学のグラビア、後者には年末恒例〝顔面相似形〟に載っており、自分はモンゴルの皇帝、フビライ・ハンの肖像画と並べられている。が、正直なところ、さほど似ているとも思われない。

夜六時半、四谷三丁目へ。

新潮社の田畑、古浦氏とささやかな忘年会。

十時に「風花」に移動。ここから所用をすませた矢野編輯長も合流。

昨年もこの日に、矢野、田畑氏らと忘年会を行なっていた。が、そのときの自分は不遇意識の塊みたいになっており、随分と彼らに抗議めいた言辞を弄したものであったが、今年は打って変わって全くにこやかに、そして穏やかに、楽しく杯を重ねる。

それにしても今年は本当に、新潮社にはお世話になったものだ。

やはり、作家は不貞腐れながらでも書き続けることが肝心であると、改めて痛感。

午前二時に解散、帰宅。

心に残る一夜。

十二月二十八日（水）

午後十二時半起床。夕方までサウナで過ごす。

夜九時半到着を目指して、恵比寿に向かう。

一昨日クランクアップしたと云う、映画『苦役列車』の打ち上げに参加。

これまでにお会いしていなかった、他の出演者のかたがたとも、初めてお話をさせて頂く。

同行した『新潮』の田畑氏は、それらの諸氏と自分との様子をデジカメに収めるべく、大わらわの様子。

なかなかに充実した、華やかな一夜。

十二月二十九日（木）

藤澤清造月命日。

昨夜届いていた『小説現代』のゲラを訂正したのち、新潮文庫版『藤澤清造短篇集』のゲラに再び取りかかる。

十二月三十日（金）

十一時起床。入浴。

『短篇集』のゲラをいったんやめ、『新潮』三月号用の日記五枚に取りかかる。

夜六時、池袋のデパートへゆき、七階の伊東屋で封筒類を購入。ついでに同フロアのCD店で、稲垣潤一氏のまだ未入手だったアルバム二枚も購め、地下の食品売り場で、茹でたロブスターと明太子、崎陽軒のシウマイ弁当三個を仕入れる。

帰宅後、深更まで『短篇集』のゲラに没入。

十二月三十一日（土）
大晦日。
午後、歩いて染井の霊園にゆき、芥川龍之介の墓参。
帰宅後、『短篇集』のゲラ。

平成二十四年　一月一日（日）

十一時起床。入浴。

今年から賀状は元日以降に書いて出すことにしたので、夕方までかかって三十枚ばかりを手書きで作成。

それを投函しに行ったついでに、スーパーでお刺身や切り餅、鶏肉に三つ葉等を購める。

帰宅後、『短篇集』ゲラ。

深更、缶ビール一本、宝一本。

マグロの刺身と手製の野菜炒め。最後に鶏肉入り雑煮を食して寝る。

一月二日（月）

午後十二時起床。入浴。体調悪し。

終日、新潮文庫版『藤澤清造短篇集』のゲラ。

新カナ本故、一文字の俗字、異体字を採用するか否かで大いに悩み、他の大正期作家の新カナ本を引っくり返して参照したりするので、なかなかにはかがゆかない。

深更、宝三分の二本。

手製の雑煮、フジッコの黒豆、暮に貰った小田原の蒲鉾等で飲む。

一月三日（火）

十一時起床。体調更に悪し。

『新潮』三月号用の日記を書き上げる。ファクシミリではなく郵送することにし、賀状十一枚と共に、夕刻、ポストに投函。ついでに王子駅近くのすき家で牛丼を食べる。

帰宅後、『短篇集』のゲラ。

体具合、益々悪くなってゆく。

首元の余りの薄寒さに耐えきれず、タオルをマフラー代わりに捲いて作業を続ける。

念の為、買い置きのルルを服用するも、最早すでに手遅れの感あり。

深更、黄桜辛口一献五合を、お燗して飲む。

常より早めの三時半就寝。

一月四日（水）

朝、七時半にひどい悪寒で目が覚める。

寝室の暖房を最高の三十一度にし、布団を被って丸まっても震えは止まず。

軽い吐き気と、足の関節の鈍痛。

その場は再び眠り、次に十一時に目覚めると、全身寝汗まみれ。

熱を計ってみると、八度ちょうどだったので、さして大ごとにもなっていないが、いったいに自分は、自身の苦痛に関しては滅法弱い質なので、そのまま病人として寝込むことにする。

運悪くカルピスウォーターのペットボトルは切らしていたが、はちみつレモンが三本冷蔵庫に入っていたので、それをガブ飲みし、アイスノンもおでこに締める。

で、病気になった際（自分の場合は、もっぱら痛風が出て一歩も動けなくなった状態を主に指すが）の〝読む薬〟となる、子規の岩波文庫版『病牀六尺』、『仰臥漫録』、

『飯待つ間』を枕頭に置いて、あれこれ拾い読みで読み返し、心細い気持ちを紛わせる。

深更、三時過ぎに、二合徳利に黄桜を入れ、電子レンジでお燗したのを飲み始めたが、僅か二合を持て余して、全部をあけられずにまた床《とこ》に就く。

一月五日（木）

午後一時起床。熱は七度四分に下がっている。

『小説現代』新連載随筆のゲラが届く。手を入れたのち、『短篇集』ゲラ。が、まだ頭が今ひとつハッキリせずに、途中で寝床へ。

ひと眠りして、夜半、七度二分に下がる。

無理はせず、黄桜のお燗二合を薬みたくして飲んで、一時に就寝。

一月六日（金）

十一時起床。平熱に戻り、体のフシブシの痛みもなくなっている。

で、入浴後、「ビバリー」。

午後から、ほぼ二日分進行が遅れた『短篇集』のゲラに没入する。

夜、賀状四枚を投函しに行ったついでで、十条の中華料理屋にて生姜焼きライスとラーメン。

深更、湯豆腐と鮪のお刺身で黄桜のお燗五合。最後に、マルちゃんの袋入り天そば。

一月七日（土）

十一時起床。入浴。

新潮社の出版部より、単行本『苦役列車』の、映画化帯のラフが届く。主要キャスト三名の写真を配したもの。

『小説現代』随筆のゲラを戻す。柴崎氏によれば、毎回これには版画のカットが付されるとのことで、何やら楽しみだ。

『短篇集』ゲラ、本文の校訂の方は、本日おおむね終了。引き続き、語注の方に取りかかる。

一月八日（日）

十一時起床。入浴。

終日、語注。

が、そろそろ『新潮』に提出すべき、自分の中篇の方が気にかかってくる。

一月九日（月）

十一時起床。入浴。

夜までに『藤澤清造短篇集』の、本文と語注のゲラをすべて整える。

また鼻風邪みたいなのがぶり返し、咳も出てくる。

一月十日（火）

新潮文庫の古浦氏に電話し、手配してもらったバイク便に『短篇集』のゲラを渡す。

続いて解説に取りかかるも、これは本日、まったくはかがゆかず。

早々に断念して宝焼酎。

中古で手に入れた『横溝正史シリーズ』のDVDから、『仮面舞踏会』全四話を一気に観る。

昭和五十三年の放映時に毎週夢中で観ていたこのパート2シリーズは、自分が中学三年のときにはテレビ神奈川で再放送をしていた。

で、その頃は横浜の緑区に隣接していた都下の町田に住んでいたので、かなり不鮮明な画像ながらも、かのテレビ神奈川での放映は観ることができていた。

その後は十年程前に、TOKYO　MXで再放送していたのをビデオに録って渇をいやしていたが、DVDで観るのは今回が初めてである。

実のところ、これは原作はわりと冗長気味で、退屈を感じさせる部分が多すぎる為に好きな作品ではないのだが、テレビ版はストーリーが整理されている分、なかなか秀逸な点がある。

満足して、明け方四時に就寝。

一月十一日（水）

十一時起床。入浴。「ビバリー」。

『短篇集』の解説、書き出すまでに少し間をあけることにする。自分の小説ならば、どんな駄作でも臆面なく提出できるが、清造絡みの仕事で焦っての仕損じは到底許されない。

稲垣潤一氏のマネージャーの野口氏より連絡がある。昨年暮のディナーショー時の自分の画像と、終了後におこがましくも撮《うつ》して頂いた稲垣氏とのツーショット写真を、氏のファンクラブ会報とホームページの方に載せて下さるとのこと。

余りに光栄すぎて、涙が出そうになる。

深更、宝一本を飲みながら、中古入手のDVD、『横溝正史シリーズ』から『夜歩く』全三話を観る。

ここ数日、少し飲酒がきつい。

一月十二日（木）

午後十二時過ぎ起床。入浴。

新潮社から、同社に届いた自分宛ての年賀状が何枚か転送される。

その内の一通は、昨年、テレビ番組で三十三年ぶりに赴いた、江戸川区の小学校の女子児童からのもの。

彼女のお父さんは自分より一学年上だったが、家がすぐ近所だったこともあって、無論、往時のその印象は残っている。

当時、父親の事件で自分の一家が近所からどんな目で見られ、嘲笑の的となったことかは容易に想像できるが、この年賀状は虚心坦懐な気持ちで有難く受け取ることができた。

いい年賀状を頂いた。これは大切にしまっておくこととする。

一月十三日（金）

十一時起床。入浴。「ビバリー」。

少々体調悪し。

午後三時半、新潮社に赴く。

三十分程、古浦氏と『短篇集』の進行について打ち合わせをしたのち、四時過ぎより、広告部の仕事でＪＴのインタビュー。『週刊新潮』のＪＴの広告頁に、隔週二回に分けて載るとのこと。

終了後、『通販生活』のチラシの件。月曜日の新聞折り込みに入ったのとほぼ同様のものを、十七日の『朝日新聞』中の広告にも転用するらしく、その了解を求められる。無論、異議なし。

映画化に合わせた、『苦役列車』の早期文庫化についての話をもらうが、先般来より出版部に対して剣呑な思いをふとこっている自分は、ひとまず返答を保留する。初出での担当者である田畑氏はひどく困惑気な様子。だが氏には悪いが、こちらとしても積もり積もった不信感からのものなので仕方がない。

五時十五分に新潮社を出て、次に文藝春秋に向かう。

『文藝春秋』臨時増刊号の企画で、〝家にあるお宝〟数点の紹介。

自分にとっての〝お宝〟と云えば、当然藤澤清造関係のものに限るが、無論、これらは何ひとつ陳列する気はない。清造のものに関しては、自分が誰よりもその高い価値を認めているのだから、他人に査定してもらう必要なぞ一切ない。

で、自分が紙袋に詰めて持参したのは、〝特に大切にはしてないけれど、もしかしたら価値があるかもしれない物〟として、赤木桁平の芥川龍之介宛献呈署名本――即ち芥川の旧蔵本（但《ただし》、ボロボロで、その状態を見る限りでの古書価値は皆無に等しいもの）、太宰治の直筆署名紙片（太宰の葉書の署名部分のみを切り取ってあるもので、受信者がそうした著名人のその部分だけを貼り込んで保存していたうちの一つ）、中原中也の自筆本詩集（真蹟かどうかは分らぬが、自分には紛れもない真筆に見える。友人の古書店が入手し、或る公共機関にセールスしたが、偽筆とされて売り処がなくなったのを、十年前に自分が安価で買い取ったもの。本物なら一千万は下らないシロモノだが……）等の計六点。

どんな内容の記事になるのか、甚だ楽しみだ。

六時半過ぎに終わって、『文學界』の森氏、田中光子編輯長、及び出版局の丹羽、大川氏と共に、近くの店で新年会。

大川氏は、自分が七年前に同人雑誌から転載された際の、『文學界』誌の編輯長。その次の編輯長時代に、突然自分は担当者がつかなくなり、別段同誌に対しては何もした覚えはないのに干されるかたちとなり果てたが、現編輯長体制に変わって、ようやくこのくだらぬ処遇を解いてもらえるようになったのは有難い限りである。

丹羽氏、一昨日に三人目のお子さんが生まれたご由。めでたい。

九時半に「風花」へ移動。

店に入ると、『新潮』の田畑氏がいる。

最前、もし「風花」に流れるようだったら同席してもいいか、との連絡はあったものの、本当に来るとは思わなんだ。

おそらくは、夕方の『苦役』の文庫化の件で、また瀬戸際外交みたいな雰囲気をチラつかせ始めた自分の態度を気にしてのことであろうが、文春勢の中に一人混ざり、ヘンな升酒みたいなのをすすっている氏は、こう云うときは本当に妙な図太さを発揮するところがある。

一人で見えていた『読売新聞』文化部の鵜飼記者も合流し、珍しく話柄は文学関連一辺倒。

そのせいか、途中で自分は体調悪化し、十二時半頃、一足先に失礼さしてもらうことにする。

一時過ぎに帰宅。オリジンでトンカツ弁当の大盛りと豚汁を購め、それらを平らげてから寝に就く。

一月十四日（土）

午後十二時起床。サウナに行き、夕方まで過ごす。

スーパーで食料の買い出し。久しく使わなかった、魚焼き用のコンロを洗って再使用できる状態にしたので、サンマの開きやシャケの切り身、たらこ等を購める。半分に切ってある大根も購入。

深更、自室で久方ぶりにサンマを焼く。が、昨日に続いて余り酒は飲めず、早々にオリジンの白飯に切り換える。

一月十六日（月）

十一時起床。自室で入浴したのち、サウナに出かける。

夜八時過ぎ、バイク便で角川文庫新刊、『人もいない春』の見本十冊が届く。

この本の元版が出たのは一昨年の六月だった。すでに何度も記しているが、自分が最も精神的に落ちていた時期である。

部数も三千部にまで減らされて、ささやかな作家生命もいよいよ風前のともしび状態にあった。

当然、文庫化なぞは夢のまた夢だと思っていただけに、いつになくこの自著には感慨深いものがある。

いったいに自分は、小説の題名の付けかたのみには些かの妙味があると自負しているが、初出時のタイトルをのちに変更したのは、この「人もいない春」だけである。

今回、巻末に付されている南沢奈央氏の解説が、実に素晴らしい。

十七冊目の単著。

一月十七日（火）

十一時起床。入浴。

夕方六時に、表参道のワタナベエンターテインメント本社へ。明日収録の、テレビ番組の打ち合わせ。

七時過ぎにいったん帰宅して入浴後、改めて買淫に出かける。朝に入浴、そしてラブホテルでも前後二回シャワーを使ったから、実にデオドラントなものである。

帰路、よく立ち寄るラーメン屋でチャーシュー麵を初めて頼んで食べてみたが、焼豚がイヤになる程載っかっているので、途中で少し気持ち悪くなる。で、それを四、五枚残して店を出たが、えらく腹持ちが良くて、深更の晩酌時にもまだお腹一杯の状態。

晩酌は早々に切り上げて床《とこ》に入り、大坪砂男の『私刑』（昭25 岩谷書店）集中の短篇を読み返す。

一月十八日（水）

午後十二時起床。入浴。

『随筆集 一私小説書きの弁』以降にものしたエッセイを整理。まずその半分の量のコピーを取りにゆく。

夜九時にまた室を出て、テレビ朝日に向かう。*

午前零時半近くに終了。局から出たタクシーで帰宅。

三時から晩酌。缶ビール一本、宝一本。手製のポークソテー三枚と、オリジンで購めたトマトのサラダ。最後に白飯。

一月十九日（木）

午後十二時半起床。入浴。

『サンケイスポーツ』紙の依頼で、東京ドームシティで行なわれるＡＫＢ48のライブに、夕方より出ばる。

今日から数日間続く、「リクエストアワー」（その持ち歌百曲をファン投票し、順位に沿って全曲歌うと云うもので、初日のこの日は百位から七十六位までを発表するものらしい）の観覧記を、『サンスポ』に八百字で書くと云う趣旨。

藺牟田氏が同行。

八時半過ぎに終了。

帰宅後、八百字を書いて送稿。

深更、缶ビール一本、黄桜辛口一献五合。オリジンのステーキ弁当と鶏カラ六個。トマトのサラダ。

一月二十日（金）

＊「ストライクTV」1月23日放送

十一時半起床。入浴。

午後三時到着を目指し、新潮社へ。

まず会議室で一方の用の、日本テレビの報道番組で使うＶＴＲ撮影*を終えたあと、本日の眼目である出版部との話し合い。

昨年暮辺りから険悪な状態になっていたが、ひとまず桜井氏と和解。確か、一昨年の暮にも氏とは揉めたのち和解しており、これは些か日常茶飯事化しているが、自分がうっかりと、「今後は気を付けるように」なぞ余計な一言を付け足すと、また一瞬、妙な緊張感が場に走った。

同い年のせいもあって、ついつい氏には同級生の女子に対するような物言いをしてしまう自分こそ、この点、今後大いに気を付けるべきであろう。

古浦氏より、『藤澤清造短篇集』カバー画の、ほぼ決定案を見せられる。今回も信濃八太郎氏の絵が実にいい。

一月二十一日（土）

十一時起床。入浴。

『小説現代』二月号が届く。今号より、随筆「東京者がたり」の連載開始。

このタイトルは、同誌の柴崎氏が提案してくれたものを坪内祐三氏がアレンジし、それを自分が拝領したもの。

この連載に限っては、自分もはなから柴崎氏に題名を付けてもらうことを希望していた。

四年前、氏が講談社の文芸第一出版部にいた折、一時期担当になって頂いたことがあったが、そのときは自分は何も書かぬ上、氏とも何やら気まずい離れかたをしていた。

高田先生を介して、再び拾ってもらい初となる原稿のやりとりなので、題名にはうるさい自分も是非とも氏に名付け親になって欲しかったのである。

『サンケイスポーツ』をコンビニに購めにゆく。結句ゲラは送られてこなかったので何やら不安だったが、一昨日の原稿、無事に掲載。稿料の振り込みが待ち遠しい。

＊「真相報道　バンキシャ！」1月22日放送

一月二十三日（月）

十一時起床。入浴。

夜半までかかって書庫の整理。

昨年の一月以来、届いたものは紙類も函類も一切合財、その五・五畳部屋に投げ込んでいたが、いよいよ何処に何があるのかわからなくなってきた。

コピーを取る必要が生じた、随筆の掲載紙誌で、自室において行方不明になっているものが幾つかある。

結句、『SAPIO』と『朝日新聞』が見つからず。

深更、缶ビール一本、宝三分の一。黄桜辛口をお燗して三合。

手製のベーコンエッグと、パック詰めのモツ煮込み。納豆二パック。最後にカップヌードルのカレー味をすする。

一月二十四日（火）

十一時起床。入浴したのち、午後からサウナ。

夕方五時に、『新潮』から紹介された税理士の事務所へ。

昨年は、新潮社からだけで三千八百万円を得ていたことに一驚する（拙著五冊の印税、原稿料の他に、海外版等、同社が窓口となったものすべてを含んで）。次いで飛び抜けているのは文藝春秋（芥川賞の賞金も含む）、そして角川書店の順。没交渉となっている講談社は、それでも文庫と単行本の印税、『小説現代』誌の対談で、計百八十万円程は得ていた。

一昨年の自分の年収は四百八十万だったが、今回住民税のみでもその三分の二以上の額を別途納める計算に、つい自分でも訳の判らぬバカ笑いを発してしまう。

作家の納税に関してのノウハウを持っているかたなので、向後、書類を揃えて、すべて一任する。

八時過ぎ、十条の中華屋で五目うま煮そばと餃子ライス。

帰宅後、零時近くまで寝室で居眠り。

明け方、角川文庫の高木彬光『二十三歳の赤ん坊』集中の短篇を読み返しつつ、宝一本。

一月二十五日（水）

十一時起床。入浴。

午後六時半、四谷三丁目へ。

文藝春秋との打ち合わせ。出版局の丹羽氏、『文學界』の森氏。

有意義な仕事の予定を組んで頂く。

校了期間中である森氏、九時で退席。九時半過ぎ、丹羽氏と「風花」に流れる。

午前零時過ぎに解散、零時半帰宅。

テレビをつけると、『孤独のグルメ』と云うドラマをやっている。見ていたら腹がすいてきたので、オリジンで生姜焼き弁当の大盛りを購めて食べる。で、寝る。

一月二十六日（木）

十一時半起床。入浴後、サウナに赴く。

帰宅後、『野性時代』の「一私小説書きの独語」第七回を書く。

深更、ファクシミリで送稿したのち、豚ヒレ肉をフライパンでソテーしていると、『野性』の藤田氏より折り返しの連絡。今月のも無事採用とのこと。

一安心して缶ビール一本、宝三分の二本。

一月二十七日（金）

午後十二時起床。入浴。

ここ数日、雪が降ったりして変な冷え込みが続いているせいか、また悪寒が起こり、体のフシブシが痛い。

熱を計ると七度四分あり、すぐさまルルを飲む。

今月の初めに発熱したばかりでのこの有様に、つくづく自分も体力的に老いつつあることを実感させられる。

一時過ぎ、『サンデー毎日』から電話がある。芥川・直木賞特集記事を作るとかで、二十分程電話取材に応ずる。

月刊『文藝春秋』の、臨時増刊号用の随筆を書きかけ、途中でやめる。「震災後一年に際して」が与えられたテーマだが、少々頭がボンヤリしている。

熱燗五合を呑んで、早々に寝る。

一月二十八日（土）

十一時起床。入浴。

熱、六度八分の平常時に復す。用心で引き続きルルを服用。

自分は薬に対して素直な体質なのか、風邪薬を服《の》むと覿面《てきめん》に眠たくなってくる。なので二時間程午睡。

昨日の書きかけの随筆を仕上げて送稿。三十一日が締切りだったので、問題なし。

新潮文庫版『藤澤清造短篇集』ゲラの、追加の疑問をチェックする。

一月二十九日（日）

藤澤清造祥月命日。没後八十年目。

が、思うところあり、本日は七尾へはゆかず。

節目的な意味での「八十回忌」ならば、それは去年挙行している。そして昨年のその時期は自分の芥川賞受賞直後と重なった為に致し方ないこととは云え、些か周囲の初参者によってこれを台無しにされた恰好ともなった。

なので今年は状況を窺い窺いしていたが、やはり「清造忌」は数日遅らせて行なうことにした。思い上がった行為ではあるが、そも自分一人で始めたことなのだから、仕方がない。

で、この夜予定に入れていた、阿佐ヶ谷ロフトでの木村綾子氏主催の文学イベントの方に赴く。

太宰治の研究家でもある氏が、ピースの又吉直樹氏を聞き手に得、無頼文学に関して講義する、その第二部におけるゲスト的役割での参加。

文藝春秋から『文學界』の森氏、出版局の丹羽氏、角川書店から『野性時代』の藤田氏、出版部の山田氏が来て下さる。

火曜日に、些かの諍い事があって、またぞろ絶縁を申し渡しておいた『新潮』の田畑氏も来てたので、これは追い返そうとする。が、藺牟田氏になだめられ、一応〝いないもの〟扱いで放っておく。

終了後、木村、又吉氏と酒席を同じくさせて頂く。

十二時前に、タクシーに分乗し新宿三丁目に河岸を変える。

山田、藤田氏の他、一名（田畑氏）も同行。

多忙な木村、又吉氏が、とことんつきあってくださるのが本当に有難い。それにしても又吉氏、見れば見る程、その風貌は三島由紀夫に酷似している。

異文化交流的な一夜。

一月三十日（月）

午後十二時起床。入浴。

本日から、いよいよ期日にあとのなくなった、『藤澤清造短篇集』の解説に取りかかる。三度目の挑戦。本当にもう、あとがない。

最近は、随筆類に限っては原稿用紙にぶっつけで書くようになっているが、師の作品集の解説となれば、やはり小説時同様、ノートに下書きから始めないと不安でどうにもならない。

夜九時に、王子駅近くの洋食屋にチキンカツとカキフライの定食を食べに行った以外は終日在室。

深更、宝一本弱。焼鳥の缶詰とツナ缶。カップ焼きそば。

一月三十一日（火）

十一時半起床。入浴。

すでに一月も終わる次第に愕然となる。早過ぎる。今年はまだ一枚も小説を書いていない。

改めて時間の使いかたに思いを巡らしたのち、「解説」に取りかかる。

今回は清造絡みと云うこともあり、かつ、資料も必要とするので布団に腹這いながらではなく、机に向かっての作業。

頭上に暖房、足元に電気ストーブを置いて尚寒いのは、偏に窓を開け放っている為である。が、何しろ滅多矢鱈と煙草を吸うので、これはどうにも仕方がない。

夜八時半に十条にゆき、入るのは二度目となるラーメン屋で、十条スペシャルと云うのをすすった以外は終日在室。

深更、缶ビール一本、宝一本弱。冷凍パックの牛皿と冷凍シューマイ。最後に赤いきつね。

二月一日（水）

十一時半起床。入浴。

『文藝春秋』臨時増刊号用の随筆ゲラを訂正したあと、「解説」。

夜七時過ぎ、ひとまず書き上げる。

いったん外へゆき五目ソバと餃子ライスを食べ、次いで食料の買い出しをしたあと、清書に取りかかる。

深更、『横溝正史シリーズ』DVDから『女王蜂』全三話を一気に眺めつつ、缶ビール一本、宝一本。

鳥鍋とメサバ。最後にきしめん。

二月二日（木）

十一時半起床。入浴。

「解説」清書。

午後五時半、二十三枚にて完成。

新潮文庫の古浦氏に連絡し、やってきたバイク便に渡す。

サッポロ一番をすすったあと、一時間半程布団で居眠り。

起きてまた入浴後、『小説現代』の連載随筆「東京者がたり」の二回目を書き始めたが、清造から後楽園球場への頭の切り換えが上手くゆかず、すぐと断念。

深更、缶ビール一本、宝一本。

鯖の塩焼きと湯豆腐。冷凍のカレーおにぎり三個。もの珍しさで買ってみたが、お箸を使って食べたので、結句ドライカレーとの感興しか得られず。

二月三日（金）

十一時半起床。入浴。

「解説」にかかりっきりとなっていた間にたまった、雑用一束を片付けてゆく。

夜九時、外でレバニラ定食と餃子。

十時半、バイク便にて「解説」ゲラ、カバー刷の見本、追加疑問等一式が届く。

その件で古浦氏と電話でやり取りしたのち、一度入浴してから、一時過ぎより「東京者がたり」。

が、この日も全く進まず。頭が完全に清造の方に行ったまま、戻ってこれない。三時過ぎに諦めて飲酒。一回僅か五枚半の原稿を、短時間とは云え日数的には二日費し、それで三枚弱までしか進まないのでは、余りにも能率が悪過ぎよう。

二月四日（土）

十一時半起床。入浴。

夕方、床屋に行ったのち、買淫。

帰路、喜多方ラーメン大盛り。

深更、「東京者がたり」の残りの二枚半を書く。

そののち飲酒。

二月六日（月）

十一時半起床。入浴。

『藤澤清造短篇集』解説ゲラ、追加疑問一式戻し。これにて、一応すべての作業が自分の手を離れる。

来週収録のテレビ番組の事前アンケートが届いたので、記入して返送。

夜、十一時から一時近くまで、新潮文庫の古浦氏と断続的に電話でゲラの突き合わせ。十日の刷了目指し、いよいよの大詰め。

深更、缶ビール一本、宝三分の二本。

コンビニで購めたおでん六個と、弁当の焼きうどん、チーかま二本。

二月七日（火）

十一時起床。入浴。

『小説現代』誌より、「東京者がたり」第二回目のゲラがファクシミリで届く。例によって、柴崎氏の丁寧なコメントが付されている。有難い限り。イヤが上にもやる気が出てくる。

午後一時過ぎに室を出発し、羽田空港へ。

三時十五分発のＡＮＡ能登行き便に無事搭乗。

四時半前に能登空港到着。

六時前に七尾市入《い》り、そして小島町の西光寺へ。

九日遅れで、第十三回「清造忌」。

参会者五名。すべて清造に由縁のある人ばかりのこの会を、昨年は有象無象の野次馬によって何やらブチ毀しにされたが、今年は本来の姿を取り戻せた。

雪に半分埋もれたかたちの墓地の方に廻ってみると、清造の隣りの自分の生前墓に、まだ新らしいお花と五百ミリペットボトルのカルピスウォーターが供されている。聞けば先月二十九日に、若い女性が置いていって下すったものらしい。何がなし、感謝の念めいたものが湧く。

法要後、駅前の店で会食して、十時半に散会。

確実に、また初心へと立ち戻れた。

二月八日（水）

八時起床。十時前に和倉の常宿を出て、山の中にある健康ランドにて二時間程潰す。で、一時過ぎの特急で金沢へ。

「徳田秋聲記念館」に寄る。

自分はこの館に対しては不快感を持っている。五年程前に、一度何んの気なしに立ち寄ったのだが、その後、秋聲の研究家でもある松本徹氏からお手紙を頂いた際に、何故か、この館に行ったことを指摘された。

無論、それ自体、本来どうと云うこともないのだが、しかし当然ながら、一観覧者であるところの自分の動向を、その折には何んら接触も持たずして、あとで無意味に他人に告げると云うこの館の職員の、いかにも田舎者的な陰口根性がたまらなく気色悪かった。

それだから以降、二度この館には足を運ばぬようにしたし、昨年の今頃には、自分に清造と秋聲についての講演を、新潮社を通し依頼してきたが、無論、一考する余地もなく即答で断わらざるを得なかった。

が、今回止むなくそこへ赴いたのは、〝藤澤清造八十回忌特別展示〟なるものをやっているそうなので、どうにも仕方がない。

展示は小さいガラスケース一個分の、いかにも思いつきめいたフザけたもの。全九点の展示品に、清造の自筆類は一切なく、二日会の名簿（清造の自署は含まれていない）と、犀星が清造について一言ふれている秋聲宛書簡以外は、戸籍の写しにしろ名刺にしろ、そして葬儀通知さえも、すべて一個人たる自分も所蔵しているものばかり。

キャプションも、一寸確認すれば避けられる間違い（たとえば、昭和七年を大正七年にしていたり、自分の『どうで〜』を新潮社刊としていたり）ばかりと云う杜撰《ずさん》さ。が、今回これが何よりも許せないのは、単なる思いつきのみで「清造忌」を謳っていることである。

先にも述べたように、自分は十三年間の積み上げによって、「清造忌」と云うものに格別の思いを抱き、それが自分のこの世に在る為の、すべての矜恃の立脚点にもなっている。当初は〝奇特〟とも〝酔狂〟とも云われ、他所者《よそもの》に対する排他の嘲笑も受けつつ、それでも都合十五年をかけ、十三回の清造忌を積み重ねてきた。

それでもかの展示が自分を唸らせ、脱帽させる程の充実したものだったらまだしもである。が、この浅薄な展示によって、結句この館の見識の多寡も、如実にあらわれるところとなった。

第一、没後八十年（この、没後何年、と云うのも自分は大嫌いだ。下らぬ、無意味な区切りにしか過ぎない）はまだしも、「八十回忌」とは、もし謳うならばそれは昨年のことであろう。回向の勘定すらできぬのだから、もう馬鹿馬鹿しくて話にもならない。

受付で入館料を払っているときに、館長とか云う老人が現われ、「どこかで見たお顔で……」との非礼な初対面の挨拶をしてきたので、これは完全無視。

ついで階段のとこで学芸員らしき女がいきなり、「あっ、こんにちは」なぞ馴れ馴れしく声をかけてきたのも、無論一瞥も与えず。

するとその女はしつこく後ろから付いてきて、「何か気にさわったことでも……」と、無礼なダメ押しをするので、更に無視してやる。

幼稚な振舞いには違いない。が、自分はこんな魯鈍《ろどん》、無神経、単なる尻馬乗りの田舎者なぞに利く口は持たぬ。

とんだ無駄足を終えて金沢駅に向かい、小松から六時前のANAで帰京。

やはり、東京が一番。全く生き返る思い。

気を取り直し、「東京者がたり」のゲラ訂正。

ついで来週末に収録の、J-WAVEのラジオ番組の事前アンケートに記入。

深更、宝一本。

小松空港で購めた、ぶりの寿司を開く。北陸大っ嫌いの自分も、何故かこの押し寿司だけは憎めないから、甚だ困る。

二月九日(木)

十一時半起床。入浴。

午後七時、四谷三丁目の「叙々苑」にて、角川書店の山田氏、『野性時代』誌の藤田氏と打ち合わせ。

今一つ、方向性を見失った憾みのある『野性時代』での連載随筆、「一私小説書きの独語」だが、一部においては意外と好評らしく、はな一年の連載期間（即ち、本年七月号まで）を、そこから更に一年間延長の打診を受ける。ならばもう少し、身を入れて書くことにしよう。

話柄は、また例によっての山田氏の恐妻話に移る。

氏のそれは、最早ネタ。聞けば聞く程に凄まじいが、当の氏は、むしろこれを嬉々として語っている。

十時過ぎ、両氏と共に「風花」へ移動。

午前二時半、解散。

二月十日（金）

午後十二時半起床。入浴後、サウナへ。

帰室後、書店配布の『LOVE書店！』なるところから話のあった、人生相談の回答めいたものを書く。

全国の書店員の方から集った相談に、毎回作家が答えると云うコーナーのものらしい。

以前の自分なら、万一この手の依頼がきても断わっていただろうが、今は極めて厚顔なので、あっさりと引き受けた。

深更、缶ビール一本、宝一本。

一昨日、小松で購めたイカの沖漬けと手製の豚汁。シーチキン入りのスクランブルエッグ。

二月十一日(土)

午後十二時起床。入浴。

来週、税理士に提出する書類をつくる。

夜八時、鶯谷の「信濃路」へ。

『en－taxi』の田中陽子編輯長と打ち合わせ。対談の人選、短篇の予定等。

ウーロンハイ、肉野菜炒め、レバーキムチ、ウインナー揚げ、ハムエッグ。

七月公開の映画『苦役列車』では、貫多がこの店で一人寂しく肉野菜炒めを食べるシーンがあるそうな(で、店内の若者と揉め、外へ引きずり出されてボコボコにされると云う流れだとか)。昨年暮の、或る深更に撮影したものらしい。

二月十三日（月）

十一時半起床。入浴。

ファクシミリ来信の多い一日。

先週届いていた、日本近代文学館の夏期講座の件で、再度返答の督促。引き受けることにする。

出演の決まっている、テレビ、ラジオの事前アンケート四本をせっせと綴る。

夜、近所の中華屋で五目かた焼きそばと玉子スープ、餃子。

深更、缶ビール一本、宝一本。

湯豆腐と魚肉ソーセージ、福神漬。

二月十四日（火）

午後一時起床。入浴。

三時半に家を出て、砧《きぬた》のＴＭＣへ。

テレビ朝日の番組収録*。

＊「大改造!!　劇的ビフォーアフター」2月26日放送

本番前にはメインゲストである若手女優のかたが、自分の楽屋をも訪ねて下さる。そして今日はバレンタインデーと云うことで、手ずからチョコレートを渡して下さる。

ワタナベ社員の藺牟田氏はさすがに平然たるものだが、今日も同行していた『新潮』の田畑氏は、露骨に羨しそうな顔をしてみせる。

最高の義理チョコを頂き、夜七時過ぎに気分良くTMCを後にする。

田畑氏と一杯やり、そののち共に「風花」へゆく。

久しぶりに自分に絡んできた馬鹿がおり、軽く一喝して黙らせる。怒鳴られてシュンとなるぐらいなら、最初から絡んでくるなと云う話だ。

あとで田畑氏が言うには、新潮社系の雑誌でも書いたことのある演劇評論家だったらしいが、聞いたこともない名なので一瞬にして忘れる。

「風花」のママもチョコをくれたが、この方は田畑氏も無事にありついて幸せ顔。

一時過ぎに解散、帰宅。

二月十五日（水）

十一時半起床。入浴、のちにサウナ。

雑用一束。頭の中がゴチャゴチャし、手紙を書くのが苦痛。

新潮社経由で、大関酒造からワンカップ大関一ケースを贈られる。テレビ（或いは動画配信もされた、朝吹真理子氏との対談時にか）で自分がそれを飲んでいるのを見てのことらしいが、実のところ平生の自分は、日本酒は黄桜辛口一献を愛飲している。

が、有難い志なので、向後は大関に宗旨変えすることを検討す。

早速深更の晩酌は、缶ビール一本、ワンカップ大関四本。スーパーで購めたカツオの叩きとカニかま、牛缶。最後にカップ焼きそば。

二月十七日（金）

午前九時前に起き、入浴。

午後十二時半到着を目指し、六本木ヒルズのJ－WAVEへ。

南沢奈央氏のラジオ番組、「ガクケン　DREAMERS　ACADEMY」ゲスト出演の収録。*

拙著文庫『人もいない春』に、素晴らしい解説を書いて下すった氏にお会いするのは半年ぶりのことだ。

＊3月3日放送

この日は、文庫版元たる角川書店の山田氏までは分かるが、田畑氏に、『野性時代』の藤田氏、それに『ｅｎ－ｔａｘｉ』の田中陽子編輯長までが、いずれも自分は誘った覚えはないのに藺牟田氏に予定を聞いたらしく、わらわらと現われる。物見高い田舎者ばかりで、困ったものである。

一時半過ぎに終了後、編輯者連と分かれて文藝春秋へ移動。

二時半より、田中慎弥氏と対談。初対面ながら、デビュー時期がほぼ変わらず、何度か同時に芥川賞の候補に挙がり、共に酷評されて落とされていた氏には、自分の方では一方的にインチメートな感じを持っている。

話に聞いていたイメージと違い、自分がお会いした氏はよく喋り、よく笑う、とにかく小説を書くことに憑かれた好漢であった。この対談は、『文藝春秋』四月号に掲載予定。

四時に終了後、自分の方は階下のサロンにて『文學界』の森氏、田中光子編輯長、出版局の丹羽氏と打ち合わせ。

いったん、王子の自室に帰ったのち、七時に改めて東京會舘に向かい、第百四十六回芥川賞・直木賞のパーティーの方に参加する。

そののち、新潮社出版部の斎藤、桜井氏、文庫の江木、古浦氏、『小説新潮』誌の堀口氏と、あと田畑氏で近くの居酒屋にゆく。

ここしばらく、同社とは自分の瀬戸際外交的な態度が因で訣別寸前の状態になっていたが、この席をもって一応の和解成立。自分も非を詫びる。

明日《みょうにち》の予定が早い為、自分は十時半に中座。十一時過ぎに帰宅し、入浴して就寝。

二月十八日（土）

午前九時に起床。入浴。

午後十二時半着を目指し、台場のフジテレビ本社へ。

一時半より、クイズ番組の収録＊。ヲタ芸と云うのも踊り、一寸おいしいイジられかたもして（まァ、小説書きの仕事ではないが）、なかなか楽しい時間であった。

午後五時終了。局から出たタクシーで真っすぐ帰宅。

夜八時半、十条でラーメンと焼肉定食。

深更、缶ビール一本、宝三分の二本。

パックのおでんと、もつ煮込み。最後に冷食のチキンライス。

＊「ネプリーグＧＰ」３月19日放送

二月十九日（日）

夜七時、歌舞伎町の新宿ロフトへ。

岩井志麻子氏と徳光正行氏のトークライブ「オメ☆コボシ18」へのゲスト出演。

尋常ではないエロレベルの高さに、自分は中途にして、殆どついてゆけなくなる。

ゲストとして絡むより、客席で一杯やりながらいつまでも聞いていたい感じ。

志麻子氏の十八歳の息子さんにお会いする。氏が言っていたように、本当になかなかの美青年であることに一驚。

二月二十日（月）

十一時半起床。入浴。

午後五時半に室を出て、新潮社に向かう。

六時過ぎより、女性誌『ミーナ』（主婦の友社）のインタビュー。〝大人になると云うこと〟的な内容。

続いて七時から、『朝日ジャーナル』（朝日新聞出版）のインタビュー。〝私の考える原発〟との内容。

終了後、本日見本が上がってきた『藤澤清造短篇集』十冊を受け取り、真っすぐ帰宅。

すべての点で百パーセント満足できるものでもないが、とあれ一つの結実として、清造の位牌と祝杯をあげる。

二月二十一日（火）

十時起床。入浴。

午後二時半の必着を目指し、赤坂のTBSへ。

ラジオ「小島慶子　キラキラ」への生出演。三時台の〝コラコラ〟コーナー。

小島氏とお会いするのは、テレビの「ゴロウ・デラックス」「ゴロウ・デラックスSP」「ニッポン小意見センター」に次いで四度目なので、殆ど緊張せずに喋れた。

終了後、藺牟田氏と共にTBS内の喫茶店にて、BS11の番組担当者三名との打ち合わせ。来週金曜日の収録。

いったん帰宅し、夜九時に鶯谷の「信濃路」へ赴く。

『マトグロッソ』の山口氏と久方ぶりの打ち合わせ。同社（イースト・プレス）刊の吾妻ひでお『失踪日記』を貰う。

二月二十二日（水）

十一時起床。入浴。「ビバリー」。

雑用一束の片付け日。

仕事の方は、はかがゆかぬままに、たまってゆく一方。

二月二十三日（木）

仕事一向に進まず、そろそろ焦りが生じてくる。

夜、流れを変える為に買淫。

帰路、喜多方ラーメン大盛り。

明け方まで寝室で腹這いつつの作業。のち、飲酒。

缶ビール一本、ワンカップ大関三本。

手製の目玉焼き三つとパック詰めのもつ煮込み。最後に、袋入りのマルちゃんカレーうどんをすって寝る。

二月二十四日（金）

午後十二時起床。入浴。

三時に赤坂へ。ディジタルアーカイブズ社で、菊池夏樹氏（菊池寛の孫にあたられる）と対談。

元文藝春秋の氏と、元新潮社の校條剛氏を顧問格とする、同社のウェブ文芸誌『アレ！』にて使用するもの。

終了後、近くまでご足労頂いた新潮文庫の江木、古浦氏らと打ち合わせ。

帰宅後、仕事にかかるも、遅々として進まず。

二月二十五日（土）

十一時起床。入浴。

たまっていた対談、インタビュー等五種のゲラ、ワタナベ関係の事前アンケートの処理等に半日を費やす。

夜、先般山口氏から頂いた漫画、『失踪日記』を一寸はぐってみたら、たちまち引き込まれて全部を読んでしまう。

噂には聞いたこともあったが、実際読んでみると、成程、これは確かに面白い。

大切に架蔵することを決める。

二月二十六日（日）

引き受けた仕事の全部が、そろそろのっぴきならない状況になっている。

まず一つずつを、確実に仕上げてゆくより他はない。

ついこの間まで、どこからも雑文一本の依頼も貰えなかった惨めさを、自分は一生忘れない。無能のくせに思い上がった文芸誌編輯者や、尻馬乗りの、保身に必死なだけの新聞文芸時評子（本来、資質的に文芸とは無縁の、単なる一教職者に過ぎないが）から意図的に排除され、やられっ放しだった無念さを、自分は片時も忘れたことはない。

あの悔やしさを思いだすにつけ、今、彼奴《きやっ》らの必死の排斥《はいせき》も虚しく、自分に多少なりとも仕事が立て込み続けているのは実に痛快、かつ、しみじみ有難いことである。

二月二十七日（月）

十一時起床。入浴。「ビバリー」。

角川文庫版『二度はゆけぬ町の地図』八刷の知らせ。

刊行から一年半、地味に動いていてくれてうれしい。カバー画も一新した。

午後五時到着を目指し、表参道に向かう。

ワタナベエンターテインメント本社にて、来週生出演するフジテレビの番組の打ち合わせ。

六時終了。真っすぐ帰宅し、腹拵えをしたのちに、『野性時代』の「一私小説書きの独語」。八枚全部は書ききれず、五枚半で断念。

宝一本弱を飲んで寝る。

二月二十八日（火）

十一時起床。入浴。

文春文庫版『小銭をかぞえる』六刷の通知。

現在出ている拙著文庫七種のうち、部数では七刷十万部の『暗渠の宿』が断トツ一位だが、『小銭〜』はだいぶ下がって、それに次ぐ二位となった。

担当して下すっている文春出版局の丹羽氏によると、親本発刊時には本書に関し、中年の女性読者から異常な猛抗議が来たそうな。「なぜ、天下の文藝春秋が、こんな酷い、不快な男の出てくる小説を刊行するのか」と。

この、感想にすらなっていない難クセについては、四年前の当時に丹羽氏より聞かされてはいたが、こう云う人は、資質的にも本来小説を読むべきではない。そしてその際、氏は〝読者に強い反感を抱かせる小説の方が、何んの引っかかりもない小説より可能性を秘めている〟と云うようなことを自分に付け足してくれていた。

無論、自分は何度も言っている通り、ちょっとは話題になった「苦役列車」なぞよりかは、この愚作の方に奇妙な愛着を持ち続けている。更に多くの読者に認知されてほしい。

「一私小説書きの独語」、残りの三枚を書き継ぎ、夜七時にファクシミリで送稿。一時間後に返信が来て、第八回目も無事採用の運びとなる。

で、十時過ぎには早くも（ではなく、自分の提出が遅すぎて、進行で迷惑をかけた故にだが）棒組みのゲラが届く。

二月二十九日（水）

藤澤清造月命日。

はな、出たばかりの『短篇集』を携え、能登の墓前に向かう予定だったが、自分の仕事の取っかかりの遅さが因で、この日はそれも叶わなくなった。

自分が起きた正午過ぎにも、強く降りぶぶいていた雪は窓外を軽い能登状態に変えていたが、幸い二時過ぎにはピタリと止む。

夕方、新潮社出版部の桜井氏から、バイク便にて四月刊の対談集ゲラが届く。『短篇集』の一頁広告が載った、明日売りの『週刊新潮』と、東映から送られてきた映画『苦役列車』特報PR用のDVDも同封されている。この特報、映画館では三月十七日から上映されるらしい。僅か三十秒のスポットながら、貫多のイタさはしっかりと窺える。

三月二日（金）

午後一時起床。入浴。

四時に神保町へ向かう。

BS11の番組ロケ。* 三冊の本を紹介（藤澤清造『根津権現裏』、大藪春彦『復讐の弾道』、北条民雄『いのちの初夜』）。

六時前に終了。二週に分けて放送するとのこと。

そのまま近くの喫茶店で新潮社の桜井、古浦、田畑氏と打ち合わせ。

来月刊の『西村賢太対話集』のカバー、レイアウトの相談と、同じく来月刊の文庫

＊「小林麻耶の本に会いたい」3月23、30日放送

版『苦役列車』の体裁について。後者の解説、はなダメ元でお願いしたかたが、意外にも引き受けて下すった由。まさかこの時期に……いや、それ以前に、まさか拙著なその解説を……感涙。

その後、同氏らと「ランチョン」に席を移し、ビールとワイン。ビフテキ、ハンバーグ、エビフライ、メンチカツ、牛タンなぞを取って切り分け、皆でつつく。

少し体調悪く、帰宅後早々に寝る。

三月三日（土）

前日の夜中から午前十一時まで、寝たり起きたり。

体調依然悪し。

午後四時過ぎに室を出て、砧のＴＭＣに向かう。

関西テレビ制作の、関西地方でのみ放映する深夜特番収録*。

楽屋に置いてあった、鳥弁当一個を貰って帰宅。

遅れに遅れている、『小説現代』の「東京者がたり」第三回目を書き始める。が、二枚半で頓挫。寝る。

三月四日（日）

午後二時起床。入浴。

四時四十分の到着を目指し、赤坂の草月ホールへ。

俵万智氏を顧問格とし、お笑い芸人と漫画家、小説家が〝共感詩〟を発表するイベント。

八時半前に終了。真っすぐ帰宅し、「東京者がたり」の残りを書いて、ファクシミリで送稿。

明日はテレビの生出演の為、午前十時半には新宿の公開スタジオに入っていなければならない。

時間を逆算してみて、少々心もとないので、今夜は眠らないことにする。

三月五日（月）

昨日より眠らず。降雨。

十時半必着を目指し、新宿のアルタへ向かう。

＊「カキューン‼　モテナイ国の大統領」3月15日放送

昼十二時からフジテレビの「笑っていいとも！」生放送出演。自分の出番は、十二時半からの二十数分間。

終了後、アルタの控え室で今月末に収録の、フジテレビの特番打ち合わせ。

二時半帰宅。近くの蕎麦屋で冷やしかき揚げ蕎麦をすすってから、四月刊の『西村賢太対話集』のゲラ。

夜、中華屋でレバニラと餃子ライス、野菜スープ。店のテレビで「ネプリーグ」をやっている。再来週放送分の二時間スペシャルの予告篇中に、チラリと自分が出てくる。妙な気分。

引き続き、ゲラ。

深更、缶ビール一本、宝三分の二本。

一味唐辛子入りの湯豆腐と魚肉ソーセージ二本、チーかま一本。最後にカップ焼きそばをすすって寝る。

三月六日（火）
十一時起床。入浴。「ビバリー」。
終日『対話集』のゲラ。

夕方、いったん中断して、先日の菊池夏樹氏との対談ゲラに手をつける。結構長い。

夜九時、十条でラーメンと焼肉定食。

帰室後、再び『対話集』。

深更、一日中BGMとしてかけていた、稲垣潤一氏の『三十周年記念ベスト～テーマ・ソングス～』を、『男と女』の方に入れ換えて、それを聴きつつ宝一本。

三月七日（水）

十一時起床。入浴。「ビバリー」。

『対話集』、各篇の後日談的なものを書き始める。高田文夫先生や石原慎太郎氏のものは、やはり思いが先走り、少々暑苦しい文章になってしまう。何度か書き直す。

スーパーで食料、酒屋で煙草を仕入れて帰宅後、また〝後日談〟。

深更、缶ビール一本、宝三分の二本。

ビフテキ肉二枚を、フライパンで焼いて平らげる。ステーキソースを買い忘れたので、塩と胡椒、醬油でもって、それらしき味付け。

三月八日（木）

十一時半起床。

午後五時、確定申告の代行を依頼している税理士事務所へ。此度の申告の詳細について話を聞き、了承。しかし幾ら不労所得とは云え、何やら随分と国に吸い取られる次第に、やや意気消沈。

次いでその足で、六時過ぎに新潮社へ。

『対話集』、及び文庫版『苦役列車』の打ち合わせ。

『苦役』のカバー装幀、おおむね決定する。例によって信濃八太郎氏の装画だが、今回のは全体的に、どことなく警察小説的な趣き。

七時半、些か腹に据えかねた事柄があり、『新潮』誌の田畑氏を面罵、そのまま同社を出る。

いったん帰宅後、十条にゆき、とんこつラーメンをすする。

深更、ワタナベエンターテインメントより届いていた、近日収録予定の日本テレビの同録DVDを予習で眺めつつ、缶ビール一本、宝一本。

日曜の夕方に、短期連続放送されると云うクイズ番組。同録のものは、昨年暮に特番として放映されたものだそうな。

三月九日（金）

十一時起床。入浴。そののち二時間弱サウナ。

帰宅すると、『文藝春秋』『野性時代』『朝日ジャーナル』の三誌が届いている。それぞれ対談、連載随筆、原発についての短いコメント、の掲載誌だが、いずれも表紙には、どう云うわけか自分の名が刷り込まれているので、甚だ気分良し。滅多にはない経験。

最早提出期日に余裕のない、『文學界』五月号用の短篇の想を練る。

三月十日（土）

『文學界』の短篇、おおむね案がまとまり、例によってその設計図を作る。

午後六時半、浅草へ。

『マトグロッソ』の、山口氏との打ち合わせ。「日乗」の連載終了時期と単行本化の件等。

三月十一日（日）

十一時起床。入浴。

『対話集』の〝あとがき〟を書き、ゲラと各篇の〝後日談〟と共に、宅配便にて新潮社へ発送。

『文學界』の短篇を書きだすも、スタートダッシュに失敗し、結句無収穫。が、これは毎度のことなので悲観せず、今日はもう諦めて飲酒。

三月十二日（月）

午後一時起床。入浴。

短篇進まず。

深更、宝一本。

三月十三日（火）

十一時起床。入浴。「ビバリー」。

午後、ベランダで洗濯物を干していた際に軽く腰を捻る。まずい感じの痛み。

夕方、座っているのがキツくなり、寝室で布団に腹這って短篇のノートを拡げるも、いつかそのまま眠ってしまう。

十時半過ぎに目を覚ましたときには、腰の痛みがかなり進んだ様子。反比例して短篇は進まず、この日も早々に諦めて飲酒。

三月十四日（水）

十一時起床。入浴。「ビバリー」。

腰痛悪化。今年になってはこれが最初か。

最早慢性化して久しいだけに、この二日目の痛み具合で、おおよそ治るまでの日数の見通しがつくようになっている。此度のものは、5段階レベルで2と3の間と云ったところだから、大体五日ぐらいで元通りになるであろう。来週は早々に、拘束時間のえらく長いクイズ番組の収録が控えているので、最悪、それまでに七割方復調していれば御の字だ。

短篇、不思議なくらい進まず。この日も諦。元より自分に文章を書く能力のないのは知っているが、四日かけて一行もできてないのだから、さすがに焦ってくる。で、焦ると尚のことに半行も組立てられぬ。いかさも小説家気取りな、産みの苦しみめいた言い草だが、実際は単に、元々こうした作業に向いていないと云うだけの話だ。

夜九時過ぎに宅配寿司の握りを三人前取る。で、冷蔵庫に保存しておいたそれを、深更一時過ぎには早くも拡げて晩酌開始。ひとつも美味しくなし。

三月十五日（木）

十一時起床。入浴。

腰痛三日目。今がピークか。

角川書店の山田氏より、文庫版『二度はゆけぬ町の地図』、九刷の知らせ。

先月八刷になったばかりだが、今回は夏のフェアの一冊に入ったとのこと。なので初版時よりも部数の多い大増刷(自分にとって、だが)が、かかってくれた。

以前にも記したが、本当にこれは、地味によく動いてくれている。五年前の親本は、重版なぞ夢のまた夢の、サッパリな売れゆきだったようだが、文庫になって息を吹き返してくれた。

夕方、新潮文庫の古浦氏よりファクシミリ。文庫版『苦役列車』用に依頼していた解説文が今日届いたとのことで、早速そのゲラを転送して下さる。

一読、ただただ感謝。

折り返し古浦氏に電話し、この、すでに自筆による訂正が入った原物を、記念に譲って頂けるよう交渉方をお願いする。

短篇、ノート二頁まで進む。ようやく書きだせた。

三月十六日（金）

十一時起床。入浴。腰の痛み少し良し。

雑用一束片付ける。対談の予定、一つ先延ばしにして頂けるよう懇願。

午後六時半、曙橋にてマツコ・デラックス氏と対談。『ｅｎ－ｔａｘｉ』次号での企画。

終わって帰宅すると、昨日古浦氏に依頼していた、かのゲラの現物がバイク便のポスト投函で届いている。

見てみると、元のプリントに自署を加え、更には自分宛てのメッセージまで書き添えて下すっている。

〈西村大兄　あまり金持ちになるな。その内、必ず一杯やりましょう。〉

胸にこみ上げてくるものあり。改めて感謝。

短篇は進まず。

三月十七日（土）

十一時半起床。腰痛レベル1・5くらいにまで下がった感じ。

臨時増刊『文藝春秋　NEXT』と、『週刊新潮』三月二十二日号が届く。前者は〝家に眠るお宝紹介〟的な頁での登場。後者はJTの広告頁「嗜好の愉しみ」でのインタビュー。先々週号に前編が載り、今週号はその後編。

午後、文藝春秋の丹羽氏より、宅配便にて五月刊行の第二随筆集のゲラが届く。芥川賞受賞後の一年間に、各誌紙に書き散らした短文をまとめたもの。

昨年、テレビの番組で〝課外授業〟を行なった、江戸川の区立小学校のPTA会長(即ち、以前にも記した自分の少年期の旧友)より、ワタナベエンターテインメントを通じて連絡がある。

今月挙行される卒業式に、代読でのメッセージを寄せて欲しいとのこと。

そんな資格が自分にありようはずもないが、かような中年ケダモノ男にも、まだ僅かに人間らしき甘な気持ちが残っているのか、あの児童たちに何か一言贈らして頂きたい思いで一杯になる。

奇しくもこの日は、明け方近い夜中に件の番組の、自分の回の再放送が予定されている。不思議な偶然だ。

夜、『文學界』の森氏より電話。短篇の進行状況を冷汗三斗の態で述べ、題名だけを伝えた上で、提出期日をいよいよの線まで延ばしてもらう。本当に、まずい。

三月十九日（月）

十一時半起床。入浴。

午後四時到着を目指し、汐留の日本テレビへ。

日曜の夕方に九回放送されると云う、クイズ番組の収録*。一回三十分放送用を三週分録り、夜十一時に終了。

真っすぐ帰り、『文學界』の短篇を続ける。ノートに二頁分。

明け方、持ち帰ってきた局の仕出し中華弁当で、宝三分の二本。

三月二十日（火）

午後一時起床。入浴。

インタビュー記事掲載の『ミーナ』五月号が届く。

短篇一頁分だけ進む。いよいよ追いつめられた。

＊「ブレインアスリート」4月1日他放送

三月二十一日（水）

十一時半起床。入浴。のちサウナ。

『小説現代』四月号が届く。「東京者がたり」のカットは、当然著者校時には付されていないので、掲載号で確認するのが楽しみになりつつある。

短篇、ノートに七頁。本当に遅ればせながら、ようようエンジンがかかった感じ。

明け方、冷蔵保存しておいた宅配寿司二人前と、かんぴょう巻三本で缶ビール二本、ワンカップ大関四本。

三月二十二日（木）

午後二時起床。また入浴してからサウナへ。

帰宅後、深更三時半まで短篇。ノート十一頁。

オリジンで購めた唐揚げと肉ダンゴ、それと、のり鮭弁当で缶ビール一本、宝一本。

久しぶりに飲酒が楽しい。

三月二十三日（金）

午後一時半起床。今日も入浴してからサウナへ直行。ここ数日、その流れで短篇がはかどっていることからの験かつぎ。

帰宅後、『対話集』、及び文庫版『苦役列車』の用事を片付けたのち、短篇を続ける。ノート十二頁。終わりが見えてくる。

三月二十四日（土）

午後一時起床。入浴。

とりあえず、昨日までにノートへ書いた分の、原稿用紙への清書を始める。

夜十一時までに、十七枚。

そののち、寝室の布団に腹這ってノート四頁分を書き、都合四十一頁で終了。

時刻も四時を過ぎていたので、もう今日は店じまいして飲酒。

三月二十五日（日）

終日清書。直す部分が多く、殆ど改稿。ぎりぎりの線まで延ばしてもらった提出期日は明朝。

三月二十六日（月）

前夜より、引き続き清書。

早朝五時半、きっかり五十枚にて完成。

事前の手筈通りに、『文學界』の森氏に連絡を入れるべく携帯電話を取り上げたが、いつの間にか通話ができない状態になっている。

どうで食料も購めたかったので、まずはコンビニに行って通話料金の払い込みをし、おでんを六個と唐揚げ弁当を仕入れてくる。

然るのち森氏に電話を入れ、バイク便の手配をして頂く。

とあれ一つ書き上げた安堵感に包まれつつ、缶ビール一本、宝一本。

八時半就寝。

午後二時起きる。入浴。

ワタナベ経由でファクシミリにて送られてきた、明日の収録台本を読み、そののち雑用一束片付ける。

夜、十時にバイク便にて、此度《こたび》の短篇「棺に跨がる」のゲラが届く。

やはり加筆の多い訂正を入れ、午前一時半にバイク便で返送。

ゆっくり飲みたいが、明日は早いので、宝半本をやっただけで寝る。

三月二十七日（火）

十一時四十分着を目指し、フジテレビ本社に向かう。

バラエティー特番の収録*。

午後四時半終了。出演者の石原良純氏に、改めて挨拶さして頂く。

帰宅後、「日乗」。次いで『野性時代』の「一私小説書きの独語」。後者は全部書ききらず。

眠くてたまらないので、宝三分の二本を飲んでから、深更二時には早々に寝る。

三月二十八日（水）

十一時起床。入浴。直後にサウナ行。

餃子定食を食べて帰室後、「独語」の続き。

夜中に終わってファクシミリで送信。

上原善広氏の『日本の路地を旅する』（文藝春秋）を半分まで再読したのち、缶ビ

＊「小娘のツボとオヤジの引き出し」4月22日放送

ール一本、宝三分の二本。

オリジンのトンカツ弁当、トマトのサラダ、豚汁二杯。

三月二十九日(木)

藤澤清造月命日。

午後一時起床。入浴。

三時過ぎに室を出て、四時必着を目指し、半蔵門のＴＯＫＹＯ　ＭＸへ。

「5時に夢中!」の生放送出演。

木曜レギュラーの、新潮社の中瀬ゆかり氏が本職の都合でお休みの為、二度目となる代打出演。逸見太郎氏の司会は今週が最後だとか。

終了後、新潮社の桜井、古浦、田畑氏と、それぞれ単行本、文庫、中篇の打ち合わせ。

三月三十日(金)

午後一時起床。入浴。サウナ。

夜、田中光二氏の自殺未遂のニュースに衝撃を受ける。

田中英光の二男になる氏とは、直接の面識はない。が、二十年近く前にはお手紙の返信をよく頂戴していた。当時、山の上ホテルを仕事場とされていた氏は、一度訪ねてくるようにと言って下すっていたが、その頃は小説家と云う存在に大変な敬意を抱いていた自分は、英光のご遺族のうち、あえて氏とは直接の知遇を得ないことにしていた。

その時分、新宿一丁目に住んでいた自分は、都バスで停留所のいくつか先になる、青山立山墓地の田中英光が眠る墓所へ、事あるごとに赴いていた。

田中家の代々を一基にまとめてあり、傍らに立派な墓誌が建てられていた。のちに自分が、七尾の藤澤清造の代々の墓を改修した際に墓誌を添えたのは、実はこれを参考にしたものであった。

その墓前で事に及ばれたと思うと、最早そんな筋合いもないのに、わけも分からぬ涙がでてくる。とにかく今は、一日も早いご回復を祈るのみだ。

仕事何も手につかず、「独語」のゲラだけ戻して早々に飲酒。やりきれぬ。

四月一日（日）

午後十二時起床。入浴後、一時間だけサウナ。

帰宅後、上原善広氏の文春文庫新刊の解説を途中まで書く。

夜八時前に室を出て、新宿南口のK'sシネマに向かう。

ドキュメンタリー映画『加地等がいた――僕の歌を聴いとくれ』レイトショウ上映後のミニトーク出演。昨年、四十歳でなくなったフォークシンガー。交友も面識もないが、歌には魅かれるところがあったので参加さして頂く。

終了後、外に出てから知り合いとぱったり会ったので、共に軽く一杯やる。

一時過ぎ帰宅。何か疲れて、早々に寝る。

四月二日（月）

十時半起床。入浴。

上原善広氏の新刊文庫の解説、残りを書き上げる。文春文庫編集部へファクシミリにて送稿。

続いて『小説現代』の、「東京者がたり」四回目に取りかかる。

深更、コンビニ弁当二個で缶ビール一本、宝一本。

今日は祖母の祥月命日。昭和五十二年に亡くなったから、もう三十五年が経ったわけだ。

四月三日（火）

十一時半起床。入浴。

暴風雨。春の嵐。

終日在宅。『随筆集』ゲラ。

この一年の間に書いたものばかりだが、各篇を改めて読み返してみると、やはりあちこち文章を直したくなってくる。どれも著者校時、しっかり手直しを入れたはずなのに、まだ気になるところが幾つかあるのは不思議なものだ。

夜十時を過ぎて、雨はやむ。風の方は依然強し。

四月四日（水）

十一時半起床。入浴。

午後三時前に室を出て、三時半に赤坂の、テレビ朝日アーク放送センター到着。

この付近は、田中英光の生誕の地でもある。

四時十五分より、クイズ番組の収録開始。*

＊「Qさま!!」4月23日放送

衣裳はツメ襟の学生服。自分の通っていた中学はブレザーだったので、ツメ襟と云うのをこの年齢になって初めて着る。靴や靴下まで、番組の用意したものに履き替えることに一驚。

七時前に終了。

帰宅後、『随筆集』ゲラ。

四月五日（木）

十一時半起床。入浴。

午後二時到着を目指し、大泉学園の東映東京撮影所へ。

映画『苦役列車』の初号試写。

新潮社から五名、ワタナベエンターテインメントから二名来る。

出演者、関係者、出資者等、百数十人での観覧。

公開は七月十四日。成功を祈りたい。

四月六日（金）

十一時起床。入浴。のちサウナ。

『文學界』五月号が届く。拙作「棺に跨がる」掲載号。

同誌に創作を載せてもらえたのは、平成二十年六月号の「焼却炉行き赤ん坊」以来、丸四年ぶりのこと。

無名の書き手にとって、意図的に干されるなぞと云うことは、右腕を断ち切られ、崖底に蹴落とされたも同然の羽目である。

が、残った左腕一本で、ようやくに這い上がってくることができた。

机上に掲載誌を置き、その前に在ること一時間余。ひたすらの感無量に身じろぎもできず。

現編輯部に感謝すると共に、次作もあえて〝相変わらず〟のものを書くことを心に期す。それこそが、紛れもなく自分の創作世界だからだ。

四月九日（月）

十一時半起床。入浴。

藤野可織氏の新刊『パトロネ』（集英社）を読み返す。やはりスリリングで、不思議な面白さがある。

小谷野敦氏の新刊『小谷野敦のカスタマーレビュー』（アルファベータ）は拾い読

み。アマゾンレビューに寄せた、この十年間のものを網羅している。皮肉な意味ではなしに、氏のこうした仕事は尊敬に値する。

夜、新潮社のPR誌『波』五月号用の四枚を書く。『藤澤清造短篇集』について。

深更、手製のベーコンエッグとレトルトのカレーで、缶ビール一本、宝三分の二本。

最後に、冷食のさぬきうどん二玉。

四月十日（火）

十一時半起床。入浴。

田中慎弥氏の新刊『田中慎弥の掌劇場』（毎日新聞社）を読む。文句なしに面白い。

続いて町田康氏の新刊『バイ貝』（双葉社）を開く。面白過ぎる。一気に読了。

夜七時、赤羽へゆく。

久方ぶりに病院で痛風の薬を貰い、イトーヨーカドーで下書き用のノート二十冊と、ボールペンの替え芯十本を購む。

ついでに最上階に入った書店で、拙作掲載の『文學界』五月号を、保存用として二冊購入。自ら文芸誌を買うのは、八年前のデビュー作転載時以来。そのときも『文學界』であった。

ヨーカドーを出たのち、「赤羽京介」で、つけ麺の全部載せを食べる。
缶ビールを買って帰宅。
つけ麺の腹持ちがよく、深更の晩酌の肴は、チーズ二片で事足りる。

四月十一日（水）

十一時起床。入浴。
午後三時半到着を目指し、六本木のテレビ朝日本社へ向かう。
クイズ番組の収録*。三択ながら、なかなか問題が難かしい。
夜九時前に終了。局から出してくれたタクシーで九時半に帰宅。
十一時過ぎ、新潮文庫の古浦氏との電話で、一悶着あり。自分は激怒する。
不快の極み。早々に飲酒して就寝。

四月十二日（木）

十一時起床。

＊「お願い！ランキングＧＯＬＤ　ｐｒｅｓｅｎｔｓ　眠れる才能テスト２時間ＳＰ」　５月５日放送

昨夕、高田文夫先生が病院に緊急搬送されたことを知り、動揺する。今は心配することしかできぬ。

午後四時、半蔵門のTOKYO　MXへ。

中瀬ゆかり氏の三度目の代打として、「5時に夢中！」生放送出演。

新司会者のふかわりょう氏の、放送中以外での細やかな心配りが有難い。

終了後、ロビーには新潮社の桜井、田畑、古浦氏が立っている。

仕方なく、和解する。

田畑氏と早稲田鶴巻町の「砂場」に寄って、軽く一杯やったのち帰宅。

先月出てたはずの、新刊書店のフリーペーパー『LOVE書店！』が、今頃になってようやくに届いている。自分の〝人生相談〟欄収載号。

四月十三日（金）

十一時半起床。入浴。

昨日、桜井氏より十冊手渡された、『西村賢太対話集』の見本を開く。自分の単著としては、文庫本、海外版と併せて十八冊目のものとなる。

最初の拙著が上梓されたのは平成十八年だから、爾来六年、あちこちで干されまくってるわりには、著書だけはよく出してもらえている方だ。各純文学誌に起用され、それでいっぱしの作家ヅラをしている者でも、こと単行本となると、なかなかに刊行されぬケースが多いと聞く。してみると自分は、これで案外書き手としては、自分で思う程そう不遇ではないのかもしれぬ。

とあれ祝いとして、夜、久々に買淫に出向く。

帰途、喜多方ラーメン大盛り。

深更、缶ビール一本、宝一本。

手製のコンビーフ入り野菜炒めと、魚肉ソーセージ二本。

最後に、赤いきつね。

四月十四日(土)

十一時起床。同時に「5時に夢中! サタデー」を観る。玉袋筋太郎氏、自分のことを少しイジって下さり、爆笑する。

午後、宅配便にて新潮文庫版『苦役列車』の見本十冊と、パネル、POP等の販促品一式が届く。

十九冊目の単著。

明後日に文藝春秋へ戻す、二十冊目となる予定の『随筆集』ゲラに追い込みをかけ、一枚半の「あとがき」を書く。

四月十六日（月）

十一時起床。入浴。

午後三時、浜松町の文化放送へ。

「くにまるジャパン」番組内の、一コーナーの録音。*

一回十分弱で、計五回の放送。

四時十五分終了。続いて四時半より、近くの喫茶店で『編集会議』誌のインタビュー。

三十分程で終了。ここで藺牟田氏とは別れ、単身文藝春秋へ向かう。

五月刊の第二随筆集のゲラを戻し、装幀の打ち合わせ後、『本の話』次号用の著者インタビュー。

七時過ぎ、『文學界』の森、丹羽氏と田中光子編輯長とで、近くの蕎麦屋にて一杯。

次作の提出期日を決める。

十時半、各々最後に冷たいお蕎麦をすったのち、二軒目に誘って頂くが、明日はテレビの収録がある自分は、用心の為に先抜けする。

十一時半前に帰室。何んとなくそのまま寝る。

四月十七日（火）

十一時起床。入浴。高田先生不在の「ビバリー」、オープニングだけ聴き、すぐに消す。どうにも寂しい。

雑用一束済ましたのち、午後四時前に室を出て、フジテレビ本社へ向かう。深夜番組の収録。**

四月十八日（水）

十一時半起床。「ビバリー」、少しだけ聴いて高田先生の病状の続報を知ろうとするが、やはりその点はふれられず。

入浴後、気を取り直し、手紙を一本書いて投函。

夕方五時、『日刊ゲンダイ』紙から電話インタビュー。〝今のテレビ番組について〟

＊5月7〜11日放送

＊＊「おもしろ言葉ゲーム　ＯＭＯＪＡＮ」5月1日放送

との求めで十五分程話す。

六時過ぎに室を出て、六本木のテレビ朝日本社へ。以前出さしてもらったクイズ番組の収録*。

楽屋の廊下で面識のある東MAX氏にお会いし、高田先生の状況をお聞きする。しかし、先生が息子のように可愛がっている氏にさえも、詳しい情報は知らされていないらしい。

高田文夫事務所より発表された、〝現在快方に向かっている〟との言を信じて待つより他はない。

該番組恒例の学生服に着替える前に、この日の出演者でもある石原良純氏の楽屋に、拙著『苦役列車』文庫版と『西村賢太対話集』を持参する。共に石原慎太郎氏絡みの書であるし(殊に前者への解説は、たださえ多事多忙の石原氏が、都議会会期の真っ只中だと云うのに、引き受けて書いて下すったものだ。以前の「日乗」中にも記したが、その点だけでも感涙ものである)、良純氏とは番組でお会いするのもこれが五度目になるので、つい、かような厚釜しさを発揮してしまった。

と、恰度《ちょうど》氏はメイク室に行っていて不在とのことで、とりあえずマネージャーのかたにこと付けて自分の楽屋に戻ってきたが、五分後、良純氏自ら足を運んできて、先の二冊のお礼のみならず、署名を求めてきて下すったことに感激する。

自分が日夜愛飲している、宝（これは宝焼酎「純」の二十五度を指しているのだが）も、二十七、八年前はデビュー直後の氏が、颯爽とテレビコマーシャルをやっておられた。

夜十一時過ぎに終了。

局から出たタクシーで帰路につく。今回は王子駅前で降ろしてもらい、富士そばにて鳥柚子そばと云うのと、親子丼を食べて帰室。

雑用片付けたのち、明け方四時半から飲酒。

缶ビール一本、宝三分の二本。

手製のウインナー炒めとスモークチーズ。冷食の焼おにぎり四個。

四月十九日（木）

午後一時起床。入浴。

月刊『文藝春秋』六月号用の短文を書いてファクシミリで送稿したのち、午後五時到着を目指して新潮社へ。

＊「Qさま!!」5月14日放送

『週刊ポスト』誌の取材。

企画ワイド面での〝風俗〟インタビュー。インタビュー自体は三十分程で終了するも、来週月曜売りの号で時間がないとのこと。ゲラチェックは、一時間半後の七時に送るものをすぐ戻して欲しいとの由で、早々に帰宅。

約通り七時に届いたものを、何んら訂正箇所もないまま返送。インタビュワーの若い女性記者の横田氏、自らも下ネタを連発する、大層面白いかただった。

八時半、十条にゆき、ラーメンとレバニラ定食。

新潮社の拙著新刊二冊について、単独での五段広告が出ていると云う『産経新聞』を、コンビニで購める。

今日届いていた、マッコ・デラックス氏との対談が載った『en-taxi』三十五号と、連載随筆四回目掲載の『小説現代』五月号を開く。前者は坪内祐三氏の書かれたものと編輯後記のみ、また後者は坪内氏と高田先生の連載、及び自分の頁のカットに目を通す。

四月二十一日（土）

午後一時起床。入浴。のち、サウナ約二時間。

各インタビューゲラ、来週のラジオのアンケート等を片付ける。礼状二本書いて投函。

夜八時半、「信濃路」にて、『マトグロッソ』の山口氏と単行本の打ち合わせ。ウーロンハイ五杯。肉野菜炒め、帆立バター焼、ウインナー揚げ、レバーキムチ、グリーンアスパラ、冷やしそうめん。

十一時半過ぎ解散。

四月二十三日（月）

十一時半起床。入浴。

雑用一束を片付けたのち、夜半より、ようやく「一私小説書きの独語」第十回目に取りかかる。

全部は書ききらず、明け方四時にてやめ、あとは飲酒。

缶ビール一本、ワンカップ大関三本。

四月二十四日（火）

そのまま眠らず、午前十一時前に室を出て、有楽町のニッポン放送へ。

高田文夫先生が休養中の「ビバリー」生出演。先週の金曜日に、急遽出演が決まった。

火曜レギュラーの東MAX氏が、本日はメインパーソナリティーをつとめる。

午後二時帰宅。

二時間程寝たのち、「独語」の続き。

夜八時過ぎに書き終えて、ファクシミリで『野性時代』編輯部に送稿。

十条にゆき、つけ麵を食べる。

各種雑用、ファクシミリ返信後、明け方四時過ぎに飲酒。

昭和五十六年の角川映画『悪霊島』のDVDを眺めながら缶ビール一本、宝三分の二本。

レトルトのもつ煮込み、冷奴、魚肉ソーセージ、さきイカ。

最後に、緑のたぬきをすって寝る。

四月二十五日（水）

十一時起床。入浴。

午後四時到着を目指し、テレビ朝日本社へ向かう。

先々週すでに一度出演させてもらった、三択形式のクイズ番組収録＊。

前回とは、ルールが変わって団体戦となる。自分は〝高卒以下チーム〟。

夜七時終了。七時半に局を出て、八時過ぎ帰宅。

いったん外へゆき、十条で五目うま煮ソバと餃子を食して再び戻ると、『野性時代』より「独語」のゲラが届いている。

訂正を入れて返送。

映画『苦役列車』のポスター、各サイズのもの五枚ずつと、チラシ六十枚が宅配便にて届く。

他に届いていたファクシミリ、手紙にそれぞれ返信をしたためたのち、飲酒。

缶の黒ビール一本、宝一本。

手製の目玉焼き三つと魚肉ソーセージ、ツナ缶。

最後に、冷食の五目ご飯とカップのあさり汁。

四月二十六日（木）

十一時起床。入浴。

＊「お願い！ランキングGOLD　presents　眠れる才能テスト」5月12日放送

文藝家協会編の『二〇一二ベストエッセイ』に収録される拙文、「醜文の弊害」ゲラに手を入れて返送。

のち、二時間程サウナにゆく。

帰宅すると、先日インタビューを受けた『週刊ポスト』が到着。それと『波』五月号。後者には豊﨑由美氏の拙著（『対話集』）の書評と、文庫版『藤澤清造短篇集』についての拙文が載っている。

宅配ボックスには、青林工藝舎の高市真紀氏より、実姉である山田花子の著書五冊、その他が届いている。

二十四歳で自裁した山田花子の著書は、『自殺直前日記』と『嘆きの天使』しか読んだことがなかったが、今回贈って頂いたものは心して読まねばならぬ。

早速、『定本　神の悪フザケ』（青林工藝舎）から開いたが、『ヤングマガジン』初出時に何篇か読んでいたはずのこの表題作は、改めて読むと何んともイヤな気持ちにさせられる。

が、巻末に付載されている、そのラフを見て救われた気になった。

山田花子は、やはりこの物語をネタとして割り切ってた部分も持っていたことに、一寸安堵を覚えた。

自分と同年生まれのこの作者は、この漫画を連載していたときは二十一歳。自分はその時期は単なる中卒の日雇い暮しをしていた。

いじめやメンヘラを、自らは血を流すことなく、ただ観念のみでこねくり廻した、馬鹿な文芸編輯者とヤワな読者が大喜びするような昨今の一部純文学（？）なぞ、山田花子の世界の前では、如何に都合のいい妄想の産物であるかが知れる。

しかし、この人の漫画は読む方もヘトヘトに疲れる。

四月二十七日（金）

十一時半起床。入浴。のち二時間弱サウナで過ごす。

帰室後、山田花子の『改訂版　花咲ける孤独』（青林工藝舎）と、『改訂版　魂のアソコ』（同）を読み、またヘトヘトに疲れる。

気分転換に、東MAX氏の新刊『下町のプリンス東MAXが教える　東京スカイツリー下町完全ガイド』（アース・スターエンターテイメント）を拾い読み。

夜、王子駅前の「すき家」で牛丼大盛りを食べ、スーパーでまぐろのお刺身と生ハム、カットしてあるレタスを購める。

深更、東映のプレスシート用に求められた、「映画『苦役列車』に寄せて」を書いて送稿。媒体を考え、それに合わせた提灯文章。原作者としての、最低限の情け。缶ビール一本、宝三分の二本。

四月二十八日（土）

十一時半起床。入浴。

小学館より、帯への推薦文を書いた吉田聡氏の新刊『七月の骨』（ビッグスピリッツコミックススペシャル）第三巻が届く。『湘南爆走族』や『スローニン』等で知られる氏の、〝ドキュ漫タリー〟と銘打った自伝的漫画。

四月二十九日（日）

藤澤清造月命日。

十一時半起床。入浴。

『随筆集』の雑用一束。

深更、先般入手した水谷準『エキストラお坊ちゃま』（昭21　岩谷書店）を読む。著者得意のユーモア探偵小説。

明け方、飲酒。
缶の黒ビール一本、宝三分の二本。
オリジンで購めた、生姜焼き単品と、トマトのサラダ。豚汁二杯。
最後に大盛りの白飯と、ウスターソースをかけたウインナー缶。

五月一日（火）

十一時起床。入浴。
午後四時半到着を目指し、フジテレビ本社に向かう。
先日、審査員として出演させてもらった深夜番組の収録。*
今回は二本目の収録でプレーヤー、三本目の収録では審査員として。
夜八時半に終了。
局で出してくれたタクシーに乗り、九時に帰宅。
十条で、つけ麵とチャーハンと餃子。
缶ビール六本を購める。
鈴木詩子氏の漫画『女ヒエラルキー底辺少女』（青林工藝舎）を読む。

＊「おもしろ言葉ゲーム　ＯＭＯＪＡＮ」５月22、29日放送

先日、青林工藝舎の高市氏から贈って頂いた、書籍のうちの一冊。

何気なく開いたが、余りの面白さに実に爽快な気分になる。爽快になるような内容の漫画ではないのに、そうさせるところがこの人の才なのであろう。いいものを読んだ。

深更、缶ビール一本、宝一本。

オリジンの唐揚げ弁当と、生姜焼き弁当。トマトのサラダと豚汁二杯。

五月二日（水）

十一時半起床。入浴。のち二時間弱サウナ。

帰路、コンビニで『日刊ゲンダイ』と『東京スポーツ』の、それぞれゴールデンウィーク拡大版を購む。

前者は〝テレビについて〟のインタビュー記事掲載。後者は〝読者プレゼント〟欄での『対話集』サイン本。おまけとして、昨年二月の本紙一面「西村賢太３Ｐ」の縮刷版を付けるとの記述に、思わず噴きだす。

深更、缶ビール一本、宝一本。

カツオの叩きと、手製の麻婆豆腐。

五月三日（木）

十一時半起床。入浴。のち、二時間弱サウナ。

帰宅後、『小説現代』の「東京者がたり」第五回を書いて、ファクシミリで送稿。今回は〝早稲田〟篇。

上原善広氏の新刊『異貌の人びと』（河出書房新社）を読む。差別についての国外ルポ。

夜、宅配寿司を三人前取り、冷蔵庫に保存。

深更、それを肴に缶ビール二本、ワンカップ大関四本。

即席のしじみ汁をすすって就寝。

五月四日（金）

十一時半起床。入浴。

些か緊張を要する手紙を一本書く。

夜、それを投函しに行ったついでに駅前まで下りてゆき、「富士そば」で、もりと親子丼のセットを食べる。

コンビニにて『産経新聞』を購む。映画欄に、『苦役列車』の紹介記事が大きく載っているとのこと。主役俳優氏の〝貫多観〟の断片。

帰宅後、『週刊文春』次号用の原稿。〝橋下徹総理を支持するか〟について四枚。

ファクシミリで送稿後、早々に飲酒。

五月五日（土）

十一時起床。入浴。

終日、明日《みようにち》戻しの『随筆集』再校ゲラ。

途中でワタナベの藺牟田氏より連絡があり、本日戻しの、来週収録番組のアンケート回答の督促。うっかり失念していた。

ついでにこれも来週収録の、ラジオ番組のアンケート二枚にも記入。

五月六日（日）

午後十二時起床。入浴。

『週刊文春』のゲラが届く。四時間後までに戻してくれとのことで、やむなく予定を更《か》える。

終えてから、いったん外出して用足しののち、夕方六時に改めて王子駅前へ。『文學界』へ異動になった丹羽氏から、単行本担当を引き継いで下すった文春出版局の大川氏と待ち合わせて、『随筆集』の再校ゲラを渡す。

カバーラフも見せて貰う。今回も信濃八太郎氏の装画が素晴らしい。すでに氏には拙著五冊、藤澤清造著書二冊のカバーを描いてもらっているが、本当にハズレと云うのが一切ない。

まだご本人とお会いしたことはないのだが、些か重々しいお名前の印象から、かなりの年配者を想像しがちである。が、実はまだ三十そこそこの青年であるらしい。とにかく、味があって品があって、それでいて濃厚な雰囲気もあると云う、稀有な力量を持った人である。

五月七日（月）

十一時起床。入浴。

「東京者がたり」ゲラ戻し。

礼状二通を書いて投函。

午後七時、新宿の「かに道楽」にて、新潮社との会合。

『新潮』誌の田畑氏、出版部の斎藤、桜井氏、文庫の江木、古浦氏の他に、珍しく『新潮』矢野編輯長も参加。

矢野氏は松葉杖をつき、斎藤氏は左腕を吊している。

十時にお開きとなり、その後、矢野、桜井、古浦、田畑氏と「風花」へ流れる。

五月八日（火）

十一時半起床。入浴。のち、二時間程サウナ。

古浦氏より、文庫版『苦役列車』二刷の知らせ。これで昨年の単行本と併せて、累計三十一万部となる。拙作中で、この書は妙に恵まれ過ぎている。

夜九時、十条で特製つけ麵。

帰宅後、青林工藝舎の〝山田花子フェア〟ペーパー用の四百字。

深更、手製のハムエッグ三つで缶ビール一本、宝半本。

五月九日（水）

十一時起床。入浴。

午後四時、汐留の日本テレビへ。深夜番組の収録。*

七時終了。局で用意してくれるタクシーに乗り、七時四十分帰宅。

またいつの間にやら乱雑な物置き部屋と化していた、書庫（五・五畳部屋）の整理。

しかしもうそろそろ、これらは大処分の必要に迫られている。

深更、昭和五十二年の毎日放送「横溝正史シリーズ」のＤＶＤより、『本陣殺人事件』の第一話と二話の半分までを眺めつつ、缶ビール一本、ワンカップ大関四本。

日本テレビの楽屋から持ち帰ってきた、仕出し弁当二個。

五月十日（木）

十一時起床。入浴。のち二時間弱サウナ。

本日付の「東京スポーツ」紙、高橋三千綱氏の連載コラムが、まるまる自分のことを取り上げて下すっている。余りに過分なお言葉で、ひたすらに恐縮。

『文藝春秋』六月号と、『週刊文春』五月十七日号到着。ともに〝橋下総理〟関係での、自分の駄文掲載。他にインタビュー所載の『編集会議』誌最新号と、「独語」連載の『野性時代』六月号も届く。

『文學界』の次号、七月号用の短篇の準備を始める。

＊「芸能★ＢＡＮＧ＋」5月15日放送

深更、缶ビール一本、宝三分の二本。

昨夜の続きで、『本陣』の第二話後半と最終話。

スーパーで購めた、鯛みたいな白身の刺身と、ローストビーフ。パック詰めの赤カブの漬物。

最後に、茹でそばの上に味付きいなり揚げを載せて、きつねそばにしたのを食べてから就寝。

五月十一日(金)

十時起床。入浴。

午後一時二十分着を目指し、六本木ヒルズのJ-WAVEへ。

ロバート・ハリス氏の「ヴィンテージ・ガレージ」の収録*。

車で由縁《ゆかり》の場所を廻りつつ収録すると云う、一風変わったスタイル。今回の自分の回では、神保町と云うことになる。

ロバート・ハリス氏はDJとして有名だが、初めてお会いした自分の胸中には、或る別種の深き感慨があった。

それはこの人が、ジェームス・ハリスのご子息だと云うことに関してである。

ラジオの「百万人の英語」以前のジェームス・ハリスが、終戦直後のほんの一時期に、日本語でミステリ小説を書いていたのは知る人ぞ知る事実である。

自分は十代後半の頃に、古本屋で一冊三百円で購める旧『宝石』誌上で、その短篇を幾つか読んでいる。いずれもやや小粒な作との印象であるが、それでも自分の中では、レッキとした日本の探偵作家の一人としての認識を持っている。往時の自分にとって、これらの旧探偵作家は憧れの存在であった。

が、無論、氏にはそうした感慨を披瀝《ひれき》することなく、三時前に収録は終了。楽しいひとときではあった。

そしてこれにて、ひとまず当面のテレビ、ラジオ関係の出演は全終了。

ようやく肩の荷がおりた気分。

帰宅すると、新潮社を経由して町田市民文学館と云うところから講演の依頼状。

例によって、講演は一考の余地なく断わりを即答。

自分にとっては人前に出て喋ることぐらい、精神的な苦痛を伴うものはない。

＊5月27日放送

五月十四日（月）

十一時半起床。入浴。

こちらも物置き部屋と化していた、玄関脇の仕事部屋（四畳半）を少し片付けようとするも、どこから手を付けていいか分からず。

机上には、昨年の今頃受け取った『苦役列車』革装特製本（新潮社が自社刊行の文芸単行本で、十万部以上売れたものは記念本として限定四部作成し、うち二部を著者に贈ってくれるもの）が未だ包装紙をとかぬ状態で鎮座し、その廻りを囲むようにして、拙著や清造文庫の見本がビッシリ積み上げられている。大きい地震が来たらまずいとは思うのだが、足元は数十箱の段ボールが埋め尽くし、その上にはこの一年程の自身のインタビュー等の掲載誌紙が複数ずつ重ねられているので、整理しようにも、いったんこれらを退かしておく場所が確保できない。

どこに何があるのか分からなくなっている状態は、甚だ不便である。

午後四時半、片付けを中止して手を洗い、新潮社へ向かう。

『週刊大衆』誌の、カラーページでのインタビュー。

六時終了。

『新潮』の田畑氏と鶴巻町の「砂場」に入り、ウーロンハイ。カンパチと鮪のお刺身、カツオの叩き、もつ煮込み、砂肝炒め、ソーセージ。最後に自分は天ざる、田畑氏は熱々《あつあつ》の親子煮そばをすすり、九時に店を出る。

タクシーにて、「風花」に移動。

明日は三島・山本賞の選考会とのこと。候補者との待機の予定がある田畑氏に一応気を遣い、二時間程で解散する。

十二時前に帰室後、オリジンで購めた鶏の唐揚げをつまみながら、缶ビール二本。『太陽を盗んだ男』のＤＶＤを半分くらいまで眺めたのち、寝る。

五月十五日（火）

十一時半起床。入浴。のち二時間程サウナ。

映画『苦役列車』マスコミ用の試写会状十枚と、スチール写真が届く。

この映画自体には、最早一片の興味もない。だがスチールには、日雇いの帰り道に汚ないジャンパーを着て紙袋を持った主人公・北町貫多が、馬鹿のような笑顔で日下部の袖を引っ張り、無理に酒を誘っている一枚がある。

その貫多の風情は、ビックリする程自分の往時の姿に重なる。

手紙二本と、高橋三千綱氏へのハガキを書いて投函。

夜、次の『文學界』用短篇のシノプシスをまとめる。

例により、厚紙のカレンダーの裏を使って書き込んだこの設計図さえ出来上がれば、もう一作書けたも同然。

着手は明日からにして、とりあえず飲酒。

缶ビール一本、ワンカップ大関四本。この大関酒造から贈られたワンカップは、一本が二百七十ミリリットルのものなので、四本で正味六合と云うことになる。

手製の赤ウインナー炒めと、パック詰めのポテトサラダ。さきイカと歌舞伎揚げ七枚。

『太陽を盗んだ男』の残り半分を眺めたのち、稲垣潤一氏のCD「セルフ・ポートレート」。

最後に、赤いきつねをすすって就寝。

五月十六日（水）

十一時半起床。入浴。のち二時間弱サウナ。

帰路、コンビニで『週刊現代』を購む。

俳優、六角精児氏が、同誌の連載コラムで、映画『苦役列車』について書いて下すっているとのことを、一昨日に田畑氏から聞いていた。

読んでみて、余りの有難さに胸のつまる思いがした。

拙作を気に入って下さり、どんな役でもいいからこの映画に出たかった、とはなかなか公言できることではない。そして自身が出てないこの映画は絶対観ない、とまでの思い入れの表明も、なかなかできることではない。片やあの映画には、わけの分からぬ人物のカメオ出演みたいなのがあったが、本当に無意味、かつ見苦しいことである。

六角氏の此度のお言葉は、心中深く刻んでおくことにする。本当に、勿体ない程の有難さだ。

夜、久しぶりに買淫。

そののち、喜多方ラーメン大盛り。食べながら大汗をかく。

五月十七日（木）

『文學界』の短篇を書き始める。

例によって書きだしがうまく行かず、今回も見事にスタートダッシュに失敗する。

初日は試行錯誤に終わる。

五月二十日（日）

午後四時半より、池袋リブロでの上原善広氏と久田将義氏のトークショーに参加。上原氏の『異貌の人びと』（河出書房新社）発刊に合わせたもの。

終了後、真っ直ぐ帰宅し、短篇。

電話にて、『文學界』の森氏と話し合い、提出期日を念々校直前のところまで延ばしてもらう。

また、来週をもって終了する本日記の、イースト・プレス社での単行本化に断わりを入れる。

尚、本日記は六月より、文藝春秋社のＨＰ上にて新規連載開始。

五月二十一日（月）

十一時半起床。入浴。のち二時間弱サウナ。

青林工藝舎より、拙文を載せて頂いた〈山田花子フェア〉用のペーパーが届く。

「（いつの時代も）生きづらい人たちに――没後二十年・山田花子再評価」と題されたこのペーパーは、期間中にフェア開催書店で山田花子の著書を購入すると付いてくる。

山田花子が愛聴していた遺品のカセットテープが抽選で当たる、〝形見分け〟プレゼントの応募券も付されている。

同舎ならではの度肝を抜く、まこと血の通った良企画である。

深更、『文學界』短篇。

午前五時にひとまずやめて飲酒。

七時前に就寝。

五月二十二日（火）
午後一時半起床。入浴。のち二時間弱サウナ。
『文學界』短篇の続き。
明け方、飲酒。

五月二十三日（水）
午後十二時半起床。入浴。
文藝春秋からの新刊、『随筆集　一日《いちじつ》』の見本出来上がり日。第二随筆集。

本来、今日の夜に同社出版局の大川氏にお会いし、見本を受け取ってお礼を述べる予定であったが、何しろ同じ社の発行である『文學界』の短篇を、最後のデッド・ラインまで延ばしてもらっている手前、それも叶わない。

来月から同社のウェブサイトに連載を移すこの日記の件も、いろいろ擦り合わせをしたかったのだが、致し方なし。

打ち合わせは脱稿後すぐのことにして、見本は送ってもらうことにする。

五月二十四日（木）

午後十二時半起床。入浴。

『随筆集』の見本届く。が、今見てしまうと良い意味で気持ちが乱れ、陰気な拙作の稿を継ぐのに障りがでるので、これも見るのは脱稿後の楽しみに取っておくこととする。

同じく文春の文庫出版部から、解説を書かして頂いた上原善広氏の新刊、『日本の路地を旅する』が届く。路地とは被差別部落のことを指すものであるとは、氏のこの著で初めて知った。物心ともに体を張ったルポルタージュである。大宅壮一ノンフィクション賞受賞作。

東映より新潮社を経由して、映画『苦役列車』の、劇場用宣伝バナー（横断幕）が届く。二メートル四方のもの。

この映画には、制作サイドの不備がひどく多い。自分は昨年来、そのプロデューサー等から、えらく不快な思いをさせられている。正直云って、原作に名を連ねることも不快な、極めて不出来な映画だし、ストーリーの改変も、原作を超えてくれるものであればそれは別物として大歓迎なのだが、客観的に見ても到底その域には達していない。

自分はこの映画を二度観ることはない。時間のムダである。

深更から明け方にかけて短篇の下書きを進め、翌日日中に、前夜書けた分の清書をする繰り返し。

五月二十五日（金）

午後十二時半起床。入浴。のち二時間弱サウナへ。

帰り道の花屋に紫陽花の鉢が出ていたので、二鉢購める。毎年、この時期になると買ってきてベランダに置き、水なぞもやるのだが、半月たたずに枯れ果てる。が、数日間の目の保養の為に例年欠かさず買い求めるのは、この花は江戸川区の生家の庭に、結構な規模で植えられていたが故である。

室に戻りて、稿を継ぐ。

明け方四時半、ひとまず下書き終了。ノート三十五頁分。

缶ビールと宝を飲んでから寝る。

五月二十六日（土）

午後十二時半起床。入浴。

原稿用紙に、ひたすらの清書作業。直しが多くて、はかがゆかぬが、十一時過ぎに書き上がる。都合四十四枚。題して「脳中の冥路」。も一度入浴してから、仕上げの訂正を始める。

五月二十七日（日）

朝六時に訂正を終えて、「脳中の冥路」、一応の完成と云うかたち。やはり、自分は小説を書いているときが一番楽しい。

夜っぴて待ってて下すっていた、『文學界』の森氏にすぐさま電話を入れ、バイク便の手配をしてもらう。

六時半に、すでに酒を始めていたところへバイク便の引き取り到着。
七時半、寝室に入って眠る。
午後一時起床。
就寝中に森氏より、今回も無事採用との留守電とファクシミリが届いている。
雑用片しつつ、ゲラを待つ。
夜八時前に、バイク便にてゲラ到着。
晩飯を食べて三時間程眠ったのち、訂正開始。
翌朝五時半、ファクシミリにて森氏に送る。このまま校了とのこと。
飲酒して寝る。

文庫化に際してのあとがき

本書は、はなWeb文芸誌の『マトグロッソ』に一年間連載し、その後、文藝春秋の『本の話WEB』に連載を移した際に、同社から単行本としてまとめてもらったものだ。

連載自体は、該媒体責任者の〝検閲〟が余りにもやかましかった為に、現在は角川書店の『小説 野性時代』誌にて行なっている。

こうした、真にやくたいもない駄文があちこち流転しつつ、これで三年以上続いているのは、われながらどうにも不思議な気持ちだが、その第一弾が今回本文庫に入ったことは、尚と信ぜられぬ思いである。

戸惑いながらも、これを手に取って下すったかたに深甚の謝意を捧げる次第です。

西村賢太

平成二十六年九月二十五日

解説　江戸文化の継承者としての西村賢太

江《え》上《がみ》　剛《ごう》

少し前の事になるが、西村《にしむら》さんの「歪《ゆが》んだ忌日」が新潮社から発売になった際「西村さんからの依頼」と編集者に言われて、同社の雑誌「波」に同書の紹介文を書いたことがある。

ある日、退屈でネットを見ていたら「江上剛が西村賢《けん》太《た》のことを書いているぞ」と書かれたブログを見つけた。それは私への批判だった。きっと彼は、西村さんのコアな読者なのだ。加えておそらく貧困のために社会の底辺でうごめいている人なのかもしれない。だから西村さんと全く正反対のような人生を歩んできた私が、西村さんの著作について何かを語るのが許せなかったのだろう。

西村さんは芥川賞《あくたがわしょう》作家ではあるけれど、それに至るまでは中学校卒で肉体を酷使する職業を転々とし、苦労を重ねて来た人だ。その過酷とも言える人生に比べれば、田舎で平凡に育ち、ちゃんと大学を卒業し、大手金融機関に勤めていた私などに西村さんを語って欲しくないという彼の気持ちは分からないでもない。

でも待ってくれ。私も西村さんに熱い思いを抱く読者の一人だ。西村さんの読者は貧困にあえぐ人ばかりではない。私のように普通にサラリーマンを経験していた人もいるはずだ。むしろそういう人の方が大半だろう。そうでないとこれだけ多くの読者を獲得することは出来ない。

今回、本書「一私小説書きの日乗」の解説を書かせていただくことになった。編集者から「西村さんからの依頼」と、また言われた。その言葉に嘘がなければ「どんなもんだい」と批判した彼に言ってやりたい。西村さんは、私のことをちゃんと読者として認めてくれているからこそ「依頼」してきたのだ。というわけで批判を恐れず私なりの理解で西村さんについて書いてみたい。

西村さんの小説に初めて出会ったのは芥川賞受賞作「苦役列車」だ。ものすごくおもしろかった。今まで私小説といえばジメジメ、ブツブツ、クドクドしてなんの生産性も発展性もないものだと思っていた。そんな小説は、このエンターテインメント全盛の時代にあって見向きもされない。ところが西村さんの私小説はそれらとは全く違って明るく、強く、ユーモアたっぷりだった。私の中の私小説のイメージを一新してくれたのだ。

まとめて読んだのは　東南アジア取材中だ。「暗渠《あんきょ》の宿」など数冊の文庫を持参してホテルのベッドに寝っ転がって読んだ。クーラーは効いているはずだけど効きが悪く蒸し蒸ししている。普通なら文庫を放り投げて冷えたビールを飲むところなのだが、いつの間にか、そこが学生時代に過ごした四畳半の汚い下宿に変わり、まともな食事もせずにうんうん唸《うな》りながらドストエフスキーと格闘していた時代にタイムスリップしてしまったのだ。当然、蒸し暑さも異国の寂しさも取材の煩わしさも何もかも忘れてしまっていた。大いなるカタルシス！　私はもっともっと西村さんの小説が読みたくなった。

なぜこんなにも面白いのか。貫多《かんた》の日常生活を描いた、ある意味ではワンパターンの小説なのに。その理由を解き明かしてくれる素晴らしい批評を見つけた。

「書かれてあることも自身の愚かな振舞いの、その不様さをくどくど述べ立てているに過ぎないのだが、しかし、何やらユーモアを湛えた筆致で一気に読ませてくるのである。

アクチュアル、とでも云うのか、どんなに陰惨で情けないことを叙しても、それはカラリと乾いて、まるで湿り気がない。どんなに女々しいことを述べていても、それにも確と叡智が漲り、そしてどこまでも男臭くて心地がいい」。

実はこれ、西村さんの「疒《やまいだれ》の歌」の一節で、田中英光《たなかひでみつ》の小説に対する批評だ。これはそのまま西村さんの私小説に当てはまるではないか。西村さんは優れた批評家でもある。この批評眼があるから貫多という人物を創造してフィクション性の高い、エンターテインメントとして読める私小説を書くことができるのだ。

さて本書だが、これは、西村さんの日常生活が淡々と記されているだけで何が面白いのかと言われたら、なんとも説明が難しい。何を食べた、何を飲んだ、編集者と喧《けん》嘩《か》した等、一般の人にとってはどうでもいいことばかり。それなのに最後まで読ませる。思えば、永井《ながい》荷風《かふう》、種田山頭火《たねださんとうか》、正岡子規《まさおかしき》も素晴らしい日記文学を遺したが、彼らも淡々と日常を記すだけで難しい社会問題などは書いていない。

日記文学とは、作家の省略の妙味を味わうものだと思う。彼らが如何《いか》に巧みに計算し、省略し、文学として日記を書いているかを味わうのだ。今の書き放題のブログと日記文学を一緒にしてはいけない。この省略の中にこそ、その時代の空気を読みとるべきなのだ。

本書も同じだ。西村さんの省略の妙味が実に光っている。西村さんも荷風らと同じように巧みな計算の上で日記を書いている。例えば本書には「3・11」の東日本大震災の日は記載がない。翌日の日記に「終日、きのうの地震の余震が続く」とあるだけだ。記載のないことが、あの地震の衝撃を何よりも雄弁に物語っている。また求められた政治的な意見の内容は一切書かれていない。そこには自分の生活を邪魔することはあっても助けることがない政治への反発、アナーキーな姿勢が読みとれるだろう。

もう一つはなんといっても西村さんの文体だ。西村さんの文体のリズムが私には、まるで心音のように心地よい。それに酔い、西村さんの世界に没頭してしまう。だから日常生活を記しただけの本書も飽きずに最後まで読みとおせるのだ。

私は、井伏鱒二《いぶせますじ》氏に随分可愛がってもらったが、氏が「作家は新しい文体を作るのに命を削る」とおっしゃったことをよく覚えている。西村さんは漢語、英語混じりの擬古文的な文体を作り上げたが、この文体はなにかに似ている気がする。読んだのではなく聞いたことがある。そうだ、落語だ！

私は落語好きでホール落語が中心だが、月に数回、好きな落語家の咄《はなし》を聞きに行くが、西村さんの文体は、落語家の語り口調、それも江戸の古典落語じゃないか、と思い至ったのだ。落語は語りが命。語りのリズムが心地よくなければ、聴衆は満足してくれない。小説は書き言葉だが、それは紙が自由に使えるようになってからのことだ。本来の小説は「物語」と言うくらいだから「物を語る」ものなのだ。

そう思って三遊亭円朝《さんゆうていえんちょう》の「怪談牡丹燈籠《ぼたんどうろう》」（岩波文庫）を読んでみた。なんと、そこには西村さんの文体と同じリズムがあった（西村さんの読者も円朝本を読んでみると私に同意するだろう）。

円朝本は、彼の落語を速記したもの。だから語りそのものと言っていい。それと同じリズムがあるということは、西村さんも小説を書いているのではなく、小説（物語）を語っているのだ。

本書を読むと、西村さんは頻繁に落語を聞きに寄席《よせ》に足を運ばれているようだ。西村さんは、私のような地方育ちではない。東京（江戸）に生まれ、育ったことに強烈な自負心を持っておられる。昨日、今日の落語好きではなく寄席通いは幼い頃からの習慣だったのではないだろうか。だから自然と落語の語り口調が文体に反映されたのだろう。そう考えると、西村さんという作家は、円朝たちに続く江戸文化の正統な継承者と言えるのではないだろうか。

（作家）

本書は二〇一三年三月に文藝春秋より刊行されました。

一《いち》私小説《わたくししょうせつ》書《か》きの日乗《にちじょう》

西村賢太《にしむらけんた》

平成26年 10月25日　初版発行
令和6年 2月5日　15版発行

発行者●山下直久

発行●株式会社KADOKAWA
〒102-8177　東京都千代田区富士見2-13-3
電話　0570-002-301（ナビダイヤル）

角川文庫 18820

印刷所●株式会社KADOKAWA
製本所●株式会社KADOKAWA

表紙画●和田三造

●お問い合わせ
https://www.kadokawa.co.jp/（「お問い合わせ」へお進みください）
※内容によっては、お答えできない場合があります。
※サポートは日本国内のみとさせていただきます。
※Japanese text only

ISBN978-4-04-102045-6　C0195

◆◇◇

角川文庫発刊に際して

角川源義

第二次世界大戦の敗北は、軍事力の敗北であった以上に、私たちの若い文化力の敗退であった。私たちの文化が戦争に対して如何に無力であり、単なるあだ花に過ぎなかったかを、私たちは身を以て体験し痛感した。西洋近代文化の摂取にとって、明治以後八十年の歳月は決して短かすぎたとは言えない。にもかかわらず、近代文化の伝統を確立し、自由な批判と柔軟な良識に富む文化層として自らを形成することに私たちは失敗して来た。そしてこれは、各層への文化の普及滲透を任務とする出版人の責任でもあった。

一九四五年以来、私たちは再び振出しに戻り、第一歩から踏み出すことを余儀なくされた。これは大きな不幸ではあるが、反面、これまでの混沌・未熟・歪曲の中にあった我が国の文化に秩序と確たる基礎を齎らすためには絶好の機会でもある。角川書店は、このような祖国の文化的危機にあたり、微力をも顧みず再建の礎石たるべき抱負と決意とをもって出発したが、ここに創立以来の念願を果すべく角川文庫を発刊する。これまで刊行されたあらゆる全集叢書文庫類の長所と短所とを検討し、古今東西の不朽の典籍を、良心的編集のもとに、廉価に、そして書架にふさわしい美本として、多くのひとびとに提供しようとする。しかし私たちは徒らに百科全書的な知識のジレッタントを作ることを目的とせず、あくまで祖国の文化に秩序と再建への道を示し、この文庫を角川書店の栄ある事業として、今後永久に継続発展せしめ、学芸と教養との殿堂として大成せんことを期したい。多くの読書子の愛情ある忠言と支持とによって、この希望と抱負とを完遂せしめられんことを願う。

一九四九年五月三日

角川文庫ベストセラー

二度はゆけぬ町の地図　西村賢太

人もいない春　西村賢太

随筆集
一私小説書きの独語　西村賢太

蠕動で渉れ、汚泥の川を　西村賢太

どうで死ぬ身の一踊り　西村賢太

日雇い仕事で糊口を凌ぐ17歳の北町貫多は、彼の前に現れた一人の女性のために勤労に励むが……夢想と買淫、逆恨みと後悔の青春の日々とは？『苦役列車』の著者が描く、渾身の私小説集。

親類を捨て、友人もなく、孤独を抱える北町貫多17歳。製本所でバイトを始めた貫多は、持ち前の短気と喧嘩っぱやさでまたしても独りに……『苦役列車』へと連なる破滅型私小説集。

雑事と雑音の中で研ぎ澄まされる言葉。半自叙伝「一私小説書きの独語」（未完）を始め、2012年2月から2013年1月までに各誌紙へ寄稿の随筆を網羅した、平成の無頼作家の第3エッセイ集。

17歳。中卒。日雇い。人品、性格に難ありの、北町貫多は流浪の日々を終わらせようと、洋食屋に住み込みで働き始めるが……善だの悪だのを超越した、負の青春の肖像。渾身の長篇私小説！　解説・湊かなえ

不遇に散った大正期の私小説家・藤澤清造。その〝歿後弟子〟を目指し、不屈で強靭な意志を持って生きる男の魂の彷徨。現在に至るも極端な好悪、明確な賞賛と顰蹙を呼び続ける第一創作集、三度目の復刊！

角川文庫ベストセラー

みんなのうた
重松　清

夢やぶれて実家に戻ったレイコさんを待っていたのは、いつの間にかカラオケボックスの店長になっていた弟のタカツグで……。家族やふるさとの絆に、しぼんだ心が息を吹き返していく感動長編！

金田一耕助ファイル1　八つ墓村
横溝正史

鳥取と岡山の県境の村、かつて戦国の頃、三千両を携えた八人の武士がこの村に落ちのびた。欲に目が眩んだ村人たちは八人を惨殺。以来この村は八つ墓村と呼ばれ、怪異があいついだ……。

金田一耕助ファイル2　本陣殺人事件
横溝正史

一柳家の当主賢蔵の婚礼を終えた深夜、人々は悲鳴と琴の音を聞いた。新床に血まみれの新郎新婦。枕元には、家宝の名琴〝おしどり〟が……。密室トリックに挑み、第一回探偵作家クラブ賞を受賞した名作。

金田一耕助ファイル3　獄門島
横溝正史

瀬戸内海に浮かぶ獄門島。南北朝の時代、海賊が基地としていたこの島に、悪夢のような連続殺人事件が起こった。金田一耕助に託された遺言が及ぼす波紋とは？　芭蕉の俳句が殺人を暗示する⁉

金田一耕助ファイル4　悪魔が来りて笛を吹く
横溝正史

毒殺事件の容疑者椿元子爵が失踪して以来、椿家に次々と惨劇が起こる。自殺他殺を交え七人の命が奪われた。悪魔の吹く嫋々たるフルートの音色を背景に、妖異な雰囲気とサスペンス！

角川文庫ベストセラー

金田一耕助ファイル5
犬神家の一族
横溝正史

金田一耕助ファイル6
人面瘡
横溝正史

金田一耕助ファイル7
夜歩く
横溝正史

金田一耕助ファイル8
迷路荘の惨劇
横溝正史

金田一耕助ファイル9
女王蜂
横溝正史

信州財界一の巨頭、犬神財閥の創始者犬神佐兵衛は、血で血を洗う葛藤を予期したかのような条件を課した遺言状を残して他界した。血の系譜をめぐるスリルとサスペンスにみちた長編推理。

「わたしは、妹を二度殺しました」。金田一耕助が夜半遭遇した夢遊病の女性が、奇怪な遺書を残して自殺を企てた。妹の呪いによって、彼女の腋の下には人面瘡が現れたというのだが……表題他、四編収録。

古神家の令嬢八千代に舞い込んだ「我、近く汝のもとに赴きて結婚せん」という奇妙な手紙と佝僂の写真は陰惨な殺人事件の発端であった。卓抜なトリックで推理小説の限界に挑んだ力作。

複雑怪奇な設計のために迷路荘と呼ばれる豪邸を建てた明治の元勲古館伯爵の孫が何者かに殺された。事件解明に乗り出した金田一耕助。二十年前に起きた因縁の血の惨劇とは？

絶世の美女、源頼朝の後裔と称する大道寺智子が伊豆沖の小島……月琴島から、東京の父のもとにひきとられた十八歳の誕生日以来、男達が次々と殺される！開かずの間の秘密とは……？

角川文庫ベストセラー

幽霊男
金田一耕助ファイル10
横溝正史

湯を真っ赤に染めて死んでいる全裸の女。ブームに乗って大いに繁盛する、いかがわしいヌードクラブの三人の女が次々に惨殺された。それも金田一耕助や等々力警部の眼前で——!

首
金田一耕助ファイル11
横溝正史

滝の途中に突き出た獄門岩にちょこんと載せられた生首。まさに三百年前の事件を真似たかのような凄惨な村人殺害の真相を探る金田一耕助に挑戦するように、また岩の上に生首が……事件の裏の真実とは?

悪魔の手毬唄
金田一耕助ファイル12
横溝正史

岡山と兵庫の県境、四方を山に囲まれた鬼首村。この地に昔から伝わる手毬唄が、次々と奇怪な事件を引き起こす。数え唄の歌詞通りに人が死ぬのだ! 現場に残される不思議な暗号の意味は?

三つ首塔
金田一耕助ファイル13
横溝正史

華やかな還暦祝いの席が三重殺人現場に変わった! 宮本音禰に課せられた謎の男との結婚を条件とした遺産相続。そのことが巻き起こす事件の裏には……本格推理とメロドラマの融合を試みた傑作!

七つの仮面
金田一耕助ファイル14
横溝正史

あたしが聖女? 娼婦になり下がり、殺人犯の烙印を押されたこのあたしが。でも聖女と呼ばれるにふさわしい時期もあった。上級生りん子に迫られて結んだ忌わしい関係が一生を狂わせたのだ——。

角川文庫ベストセラー

悪魔の寵児　金田一耕助ファイル15　横溝正史

胸をはだけ乳房をむき出し折り重なって発見された男女。既に女は息たえ白い肌には無気味な死斑が……情死を暗示する奇妙な挨拶状を遺して死んだ美しい人妻。これは不倫の恋の清算なのか？

悪魔の百唇譜　金田一耕助ファイル16　横溝正史

若い女と少年の死体が相次いで車のトランクから発見された。この連続殺人が未解決の男性歌手殺害事件の秘密に関連があるのを知った時、名探偵金田一耕助は激しい興奮に取りつかれた……。

仮面舞踏会　金田一耕助ファイル17　横溝正史

夏の軽井沢に殺人事件が起きた。被害者は映画女優・鳳三千代の三番目の夫。傍にマッチ棒が楔形文字のように折れて並んでいた。軽井沢に来ていた金田一耕助が早速解明に乗りだしたが……。

白と黒　金田一耕助ファイル18　横溝正史

平和そのものに見えた団地内に突如、怪文書が横行し始めた。プライバシーを暴露した陰険な内容に人々は戦慄！　金田一耕助が近代的な団地を舞台に活躍。新境地を開く野心作。

悪霊島　(上)(下)　金田一耕助ファイル19　横溝正史

あの島には悪霊がとりついている――額から血膿の吹き出した凄まじい形相の男は、そう呟いて息絶えた。尋ね人の仕事で岡山へ来た金田一耕助。絶海の孤島を舞台に妖美な世界を構築！

角川文庫ベストセラー

金田一耕助ファイル20
病院坂の首縊りの家（上）（下）
横溝正史

〈病院坂〉と呼ぶほど隆盛を極めた大病院は、昔薄幸の女が縊死した屋敷跡にあった。天井にぶら下がる男の生首……二十年を経て、迷宮入りした事件を、等々力警部と金田一耕助が執念で解明する！

双生児は囁く
横溝正史

「人魚の涙」と呼ばれる真珠の首飾りが、檻の中に入れられデパートで展示されていた。ところがその番をしていた男が殺されてしまう。横溝正史が遺した文庫未収録作品を集めた短編集。

悪魔の降誕祭
横溝正史

金田一耕助の探偵事務所で起きた殺人事件。被害者はその日電話をしてきた依頼人だった。しかも日めくりのカレンダーが何者かにむしられ、12月25日にされていて――。本格ミステリの最高傑作！

殺人鬼
横溝正史

ある夫婦を付けねらっていた奇妙な男がいた。彼の挙動が気になった私は、その夫婦の家を見張った。だが、数日後、その夫婦の夫が何者かに殺されてしまった！　表題作ほか三編を収録した傑作短篇集！

髑髏検校
横溝正史

江戸時代。豊漁ににぎわう房州白浜で、一頭の鯨の腹からフラスコに入った長い書状が出てきた。これこそ、後に江戸中を恐怖のどん底に陥れた、あの怪事件の前触れであった……横溝初期のあやかし時代小説！